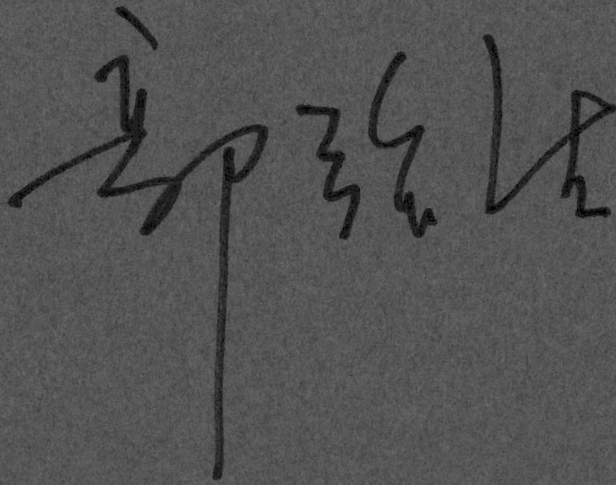

作家命

聯合文叢
683

◉郭強生／著

目次

I 作家命

II 當我們討論愛情

III 命運的想像

IV 那些生命中我們不善於面對的

以作品列排命盤，
字句間掐指流年，
敢問自己是何種作家命？
是一生的孤獨？
還是不悔的任性？

The Destined Life

郭強生

I 作家命

作家命 I

寫作最大的困難，
其實是了解自己之不易。

回顧人生，我的工作只有一個，就是關心文學、文字與文化。只是我同時會站在不同的位置，有時候是在教室裡，有時候是在研究室與圖書館。也嘗試過用劇場傳播，有時候還透過廣播節目，更多的時候，我在從事自己的創作。

從十六歲發表第一篇小說作品至今，我應該是員文壇老將了。但是很神奇的，我一直感覺還有太多還沒嘗試過、或等待我去發掘的題材或想法。

人們說，權力是春藥。

我要說，文學是回春聖品。

下一本書還在等著我，不管是等著我去閱讀還是去完成它，我怎麼能老呢？

太早以前的文學履歷不用報告了。先從我如何扮演文學評論這個角色說起。因為，如果不是從文學評論中，我重新體認到文學對我的意義為何，我可能無法在學院打拚十多年後，有一天再回到創作的領域。

對我來說，評論這個角色在所有的位置當中，它是一個很重要的黏著與聯結。評論帶給我一個多元的觀察角度，對創作也好，教學也好，評論式思考幫助我抽身去看待問題。我的評論文章，也反映著我個人的成長，尤其面臨臺灣解嚴之後，我身為文化人如何自我調整的過程。

比如說最早的《文化在咖啡報紙間》（一九九三），那時候臺灣剛解嚴，進入一個資訊爆炸時代，所有的報紙增張，資訊比以前多了幾倍，但是綜藝化、腥羶色的東西也順勢而起。《文化在咖啡報紙間》的寫作期間，我人在美國求學，我便介紹自己經常閱讀的《紐約時報》、《大西洋月刊》等這些國外的報章媒體，借鏡它們處理一些議題的方式，看它們如何在新聞中帶進文化的觀點，希望提供一種他山之石，並跟當時的臺灣媒體做一些對照。

《在文學徬徨的年代》（二〇〇一）這本書很特別，是因為我在二〇〇〇年回國任教，那時候的臺灣社會跟我離開時已經非常不一樣，第一次政黨輪替所帶來的衝擊，讓整個社會起了很大的質變，甚至斷裂。

徬徨，是因為當時臺灣面臨很重要的一個轉型時期，但是既然回國了，我就要面對這些文化上的遽變。於是，我給自己列出了十八個疑問，對於大家很關心的身分認同、臺灣的角色、本土文化、如何跟國際接軌等等問題，都直接攤開來檢視，試著藉由文學介入那樣的徬徨，探討那些議題背後的焦慮感。

所以這也是給自己的一個任務，為未來幾年在學院裡，自己所期待扮演的角色，規劃了某種目標跟藍圖。

之後在二〇〇五年出版的是《文學公民》，它有一個英文的標題，叫做「Response and Responsibility」，回應與責任。

當時我就提出來這個觀念，但是到這幾年網路社群興起後，大家好像才比較重視這個課題。在英文裡，responsibility 是從「response」這個字衍生出來的。所謂的「回應」、或所謂的「批評」，連帶著都有它後續所應負起的「責任」。現在進入網軍時代，這個「回應與責任」的倫理問題愈發顯得迫切。評論意見，不是講出來、發洩過了就結束了，相對的責任，這是一種公民的素養。

*

二〇〇五年，臺灣的PTT、部落格貼文大興其道，我在那年決定將《慾望街車》（*A Streetcar Named Desire*）這齣西方經典搬上臺灣舞臺，也帶給我一個新的認知與文化衝擊。大家開始大量在網路上討論，我就發現一個有趣的事情，我的戲都還沒有上演耶！哪裡跑出這麼多評論？

這個問題到現在還更加嚴重，就是先入為主、未審先判、帶風向、人云亦云的網軍文化。

對於創作者來說，這是一次震撼教育。以前是書出來了、發表了、電影上演了，才會有評論。如果這個時代大家不需看過內容，就可以來褒貶捧酸，創作者要如何自處呢？跟這些網民又該保持什麼樣的關係？是若即若離？還是投降迎合？

我最後的決定是，不為所動。所以我從來沒有開過臉書帳戶，不知道怎麼加好友與打卡，也不需要經常按讚。

一個創作者在追尋自己的藝術時，他決定要站在什麼樣的位置是很重要的。所以某方面來說，創作中斷的那幾年，我一直在思索的是自己要站在什麼樣的位置，才可以保持創作的純粹性。

既是文學評論者，同時也是創作人，所以我特別警惕，怎麼避免球員兼裁判？同時，對其他作品的評論，講出來的話，不能只是掉書袋、丟出很多術語，我同時要站到反方來自問：換做我是創作者，這些意見我自己是不是真的能實踐呢？要怎麼做到呢？在這兩個角色之間，我希望找出它們之間的一種呼應跟互補，而不是對立。

我觀察了我的同輩作家們，他們有的時候太匆促、太直接的去擁抱一種標籤，或者一種思維，然後很快地隨之起舞。我想要找到一種方式，撇開所有檯面上面丟出來的選項，並反思我能不能夠再創造自己的選項——如果，我還是一個創作者的話？

＊

我非常不會寫創作自述這類的東西，更不用說創作計劃了。寫作於我，尤其是小說創作，是為了探索那個未明的世界，所以我不存預設，出發下筆前只有一個對我而言重要的人性提問，連主角都未定，有時以為該是主角的人物，寫到後來也可能會退居成了配角。

因為寫作過程中我會不斷地思索，嘗試打破自己的慣性，總努力想要看到，在完成這部作品前自己都不知道可能存在的風景。書寫最大的快樂，是來自於過程中不斷被激發出來的全新想法，總會大膽嘗試不同的觀點。如果創作過程中不能爆發出意想不到的突破，我覺得無法跟自己交差。

把關的是自己，最重要的讀者也是自己，只有自己最清楚，離心中那個希望成形的樣貌還差多遠。因為還不夠完美，所以才有了下一本書的動念。任何人若覺得自己已寫出了代表作，那大概也是他該封筆的時候。

但是這些年，我們出現了一個叫創作補助的東西。立意很好，但是從我既擔任過補助時「分配資源」的評審委員，也做過結案審查委員的多年經驗，我不得不開始擔心，這個流程已造就了一群撰寫創作計劃的高手，而非真正提昇了年輕創作者對為何要創作的自我認知。

在一年或至多再延長一年的結案時間限制下，如何產生深刻的作品？那些前案未結，又立刻拿到新案補助的，以案養案，是不是已經將創作當成了賺錢的包工標案？申請時只要求提供五千字的試寫稿，申請人真有自信，五千字就已經有了成熟的想法？

也許是我太駑鈍了，寫了四、五萬字後還經常砍掉重練，否則還真不敢對外宣稱已有作品在進行中。在付梓前，改了五、六個版本也是常有的事，我知道比起某些大師來，這也只能算小巫見大巫而已。

*

當年，我可以選擇當一個「海外學者」，也可以回臺灣投身於過去從未有過的創作研究所，就在一念之間，我選擇了後者，並且盡了百分之一百二十的努力。

終於不得不接受，這條路比我想像中更來得艱辛。最氣餒的是不時還會遭到其他文學院老師的譏諷：「搞什麼創作研究所，為什麼不好好寫論文？」遇到這種質疑，我就回答：「因為《紅樓夢》只有一本，研究《紅樓夢》的論文卻有十幾萬篇。」

在臺灣，大學教育長期以來都在教育部的管轄下，但是，思想啟蒙與創作怎麼能夠由法條來約束呢？為了便於管理，規則被創造出來，最後讓所有大學長得越來越像。

如果將美國茱莉亞音樂與表演藝術學院搬到臺灣，不升格成為綜合大學的話，它就得不到教育部的補助，也無法通過評鑑大學的標準：教師論文點數集了多少？舉辦過多少研討會？外籍學生交流占比為何？在校方高層眼中，文學創作所對滿足以上任何量化數據指標毫無益處。

越是如此，我就越得證明自己的學術功力，該發表的論文，該拿到的國科會計劃，我都不落人後，因為這是全華人地區第一家創意寫作藝術碩士研究所，只能成功，不許失敗。我必須付出雙倍的心力來維持這一份理想，才能讓大家認識文學創作這件事的價值。

教學、行政、研究蠟燭多頭燒，自己的創作不得不因而停擺。在經營了十屆之後，我的任務才終告一個段落。

*

彼時，我已經四十六歲，距離第一篇作品發表有三十年了，該放下的也放下了。我始終相信，真正好的文學作品，是在塑造一個更包容的倫理關懷，而這種關懷絕對是反庸俗、反扁平的。仔細想想，現實中，許多變態的言語經過無感的傳播，我們也都照單全收，使人內在無比混亂。

雖然每個人的存在都在混沌的狀態，但是，人類與動物不同之處為人有文字，我們願意相信自己可以形塑更能夠溝通、傳承、分享、感動的模式。可是，有一股巨大的力量橫亙在中間，那便是庸俗化。

寫作的人，必須有好品味。

你縱然會寫，也要明白自己應該追求什麼樣的高度，如此一來，你必須先認識什麼叫「高度」。

我不要求學生成為絕頂的作家，卻不能不要求他們成為一流的讀者，否則即便有好的作品面世，卻沒有人識貨，又有何用？好的讀者有時候比優秀的作家更重要。

面對喜歡文學的年輕朋友，我常常感到一種急迫性，總覺得時間很少，實在想趕快讓他們認識文學能夠到達的高度，便習慣採取文本細讀的方式分析作品，用這個方法帶著大家精讀品嘗。

文學如何讓人感動？多年來在學院裡努力教授創作，在課堂外致力提昇閱讀水平，總讓我一次次看見，這種感動是可以被描述、傳播與教育的。

十年之間腹背受敵、含辛茹苦，培養出一批年輕作家終於被看見，應該可以了吧！二〇〇八年，我開始重新提筆寫作。

蓄積太久的能量，難免讓人下筆時既躊躇滿志，也不免如履薄冰。最後，我為自己重新定義寫作：「我是寫給自己，而不是寫出來跟別人比較的。」

為自己寫作，必須從自己人生的混亂中找出存在價值，那不是夢，而是辯證與推理的過程。

寫作最大的困難，其實是了解自己之不易。

重回創作，我才明白自己的恐懼，那就是一直以來我在隱藏自己的不快樂。到底是什麼力量在壓迫我選擇隱藏？二〇一〇年出版了《夜行之子》，這部以臺灣同志在紐約為主題的小說，採取了既是寫實為基底，同時又具有解構與拼貼色彩的敘事手法，是我創作突破的一個新起步——

從邊緣發聲，直面自己。

於是我又開始藉著寫小說在說故事了，我想在故事中說出一個可預見的未來，而不是只描述現實的支離破碎。

＊

二〇一二年的《惑鄉之人》讓評論者、讀者大感意外，因為日據時代的題材似乎已經是某些特定作家的地盤。什麼時候開始，寫作還需要驗查血統？

《惑鄉之人》是我第一次嘗試長篇小說，以一個日本導演來臺灣拍片為故事主線，灣生的他想回到當年的故鄉拍電影，這成為一個貫穿全書的隱喻。

歷史中有太多的曲曲折折，人的慾望、謊言、懦弱，交錯撞擊糾結成為了歷史。一部臺日合作的電影，由於種種因素沒有完成，後來這個未完，或說缺席，在幾十年間不停的被穿鑿附會，從一部失敗的日本片，想要偷渡進來變成國語片，後來又被包裝成臺語片。在這個過程當中，許多角色都在企圖利用這樣一個歷史上的空白，彌補自己不完整、或是充滿疑惑的身分。

無疑是一個挑戰。但是當我從成長的過程中去捕捉，發現那些早年臺灣的記憶其實一直都在我的血液裡。這本書距離復出的《夜行之子》，中間才隔了兩年，寫作過程意外地順利。

處理這樣的題材，原來並沒有我想像中的那個隔閡存在。

在日常生活裡、在巷弄中、所有日據時代留下來的痕跡，點滴在心頭，這些都是我成長的一部分。以外省第二代身分書寫殖民時期臺灣，雖讓有些人不以為然，最後《惑鄉之人》還是獲得了多數評論的肯定，也讓我拿到了生平第一座金鼎獎。

這個族群、那個族群，曾幾何時在我們的生活中，已設下了諸種人與人之間的藩籬。

我坦然接受「外省第二代」這個標籤，因為它讓我從小就體會到，什麼叫作「流離失所」。那是父母即使不說，我們也能感受得到的一種遺憾。外省第二代的子弟，家族多半是稀落的，沒有親戚，祖父母、堂表兄弟、叔伯等等這些人，他們都在那一邊。成長之中並沒有太多的血緣關係，我們家就是很簡單的，外公、爸爸媽媽、我跟哥哥，其他都沒有了。因此，我稱《惑鄉之人》彷彿是一本我的「想像家族史」。

到了中年以後，這樣的成長背景對我的意義，不在於我的家鄉話是什麼？我的祖籍在哪裡？而是它對一個創作者的影響。這令我開始反思，如何讓寫作回到探索人存在的本質。

*

到了二〇一四年這一本《如果文學很簡單，我們也不用這麼辛苦》，是因為體認到身為一介「文學公民」，在文學的領域裡頭也有我的公民責任。那就是，我覺得我有責任去回應，我自己在《在文學徬徨的年代》裡曾提出的問題與發表過的看法。

十二年過去，從徬徨、自我辯證、到最後的實踐，我得到的答案只有一個，那就是，萬變不離其宗。我的努力都是為了讓更多人能重新體認何謂自己，以及他所處的時代。

對個別的生命認知也好，文化體質的養成也好，文學性的啟發就像滴水穿石，急不得，卻又不容小覷。《如果文學很簡單，我們也不用這麼辛苦》這個直白的書名，就是想告訴大家，現在臺灣很多事情都變得太輕了，大家對於比較重的、困難的、需要沉澱或進一步推敲的觀念，都用一種小確幸的態度去迴避。但是人生還是有「必要之重」，所以我們有時候需要一些「不簡單」的事情來提昇自己。

如果要我用最簡白的方式，來告訴你文學的價值是什麼？我認為就在於它提供了一些有難度的、需要我們用更周延的語言去思考、溝通與表述的問題，所以才讓生命顯現出應有的厚度。

很小就認知到一點，每個人要對自己生命負責。

太多時候我們聽到的歷史，不管是臺灣史也好、中國史也好、家族史也好，在一再轉述的背後，更多的永遠是隱藏。

活在一個有家族、有很多親友的人生裡，那樣的小社會有自己的運作，好像自然而然，你不用考慮了，已經都幫你劃定好了。很多人在四十歲以前，都會滿足於有家、小孩、老公老婆，相信自己是在一個很主流、很完美、很真實的人生當中，像是被催眠了一樣。

直到這樣的人生，某天突然出現一個脫落環節，再也無法恢復原狀，才發覺自己長年依賴著那個龐大系統，早已失去認識真相的勇氣。

隱隱有感，從《夜行之子》扉頁寫下的那句「如果不能面對悲傷的真相，快樂其實都是假的」開始，對身分的探索，對歷史的反思，對書寫的辯證，也許都是潛意識裡的前置作業，為的就是二〇一五年的《何不認真來悲傷》，首次以長篇散文的方式，終於，朝自己生命最核心的痛刺了下去。

只能為自己而寫，所以不得不寫，這是我的宿命，也是使命。

從悲傷出發去遠方

注定要成為孤獨的孩子，
寫作似乎成了我最重要的救贖。

《何不認真來悲傷》的書末有一個後記，〈悲傷，我全力以赴〉，正是我寫這本書時的狀態。我的人生在那幾年中正面臨著崩塌，自母親過世後，我一直在害怕且企圖迴避的那個巨大陰影，就那樣撲天蓋地而來，我知道這一回我已無處可逃。我在那個當下唯一的疑慮是，能不能活過這一關，把心裡的這些話都說出來？

我只有一個人，要處理太多的事情，而眼前的問題背後又有太多過往的糾結，我要怎樣把這個殘破的家守住？一面寫著，事情仍在繼續惡化中。多年來我被父親的同居人擋在門外，結果被我發現她在對父親下藥，父親鎮日昏睡不吃不喝……光是把爸爸從那個女人手中救回就已經夠驚心動魄了，接下來如何安置已有失智症狀的父親，讓每周花蓮教書奔波兩地的我焦頭爛額……隨後是哥哥罹癌過世，我的情人劈腿棄我而去……

這所有的事情都在短時間裡發生，我一下子瘦了七公斤，當時真的覺得自己撐不下去了。

這個家，這個在別人眼中一定認為是美滿幸福的家庭，怎麼會走到今天這個地步呢？身為么兒，當時只有兩條路，一是狠心放手，一是打死不放。我這一輩子只有這一個家，沒有另外一個家庭在等著我，或可以當成我的藉口。接下了這個唯一的、殘破的家，就只能概括承受。

當時，除了精神與體力的交煎外，情感上的痛與悲傷，更像是隨時可以癱瘓我的一個黑洞。

我終於理解，如果要撐過去，除了誠實面對我的悲傷之外，已別無選擇。而且更重要的是，我已無人可申訴，再不能期望什麼家人間的大和解。

我能有的和解，只有跟我自己。

*

在書寫的時候，並沒有設定一個家族的主題，只是想把自己找回來，最後發現，也只有透過爬梳跟自己最親密的家人關係，才能更了解自己為什麼成為今天的「我」。

書寫最大的意義，恐怕是我終於真正面對了人生，而不是活在世俗框定出來的樣板裡。

如果有人以為悲傷就是陷在一種狂亂裡，那他們就錯了。相反的，悲傷是幫助我找回最底限清醒、不被黑暗吞弒的最大力量。我一點一點地揭去多年來以為早已結痂、事實上長得亂七八糟的表皮，承認自己過去的恐懼與軟弱；悲傷，反而像是照亮了記憶死角的一盞光。

我寫得很慢，一千字約莫要花費五個小時，因為這次我想要認真地、誠實地跟過去的自己對話。

跟自己說話，如果用了任何閃爍的修飾，一定騙不過自己，所以只能直視核心。我不是在描述我悲傷的「情緒」，而是企圖更深入瞭解，每個人一生在生老病死、傷害誤解與告別中一定會經歷過的悲傷，它到底是什麼。

對於像我這樣揭開悲傷真相的書寫，偶爾仍會聽見質疑的聲音，認為它「沒有給人希望」、甚至「違背了傳統價值」。希望與價值，果真能如此單一化地設定，然後每個人都遵從服膺，這就是美滿了？

在寫完這本書後，我反而看到了希望，看到了自己的成長，才更能體會我的父母——曾經也是對未來懷抱無限憧憬的年輕男女——在歲月無情的流逝中，接受了各種遺憾所吞忍下的悲傷。沒有這種同理心，又怎能真正去愛、去寬恕、去記憶呢？

書寫幫我看見每個人的不容易與不得已。

父母不是一種角色，他們也是活生生的人，但為了家庭，他們也有悲傷，也有委屈，更有太多的壓抑。不是有句話說：「愛的反面不是恨，是冷漠」？不願面對生命真相的人，應該就是一種冷漠吧？

*

雖然我還有一個哥哥，但是由於年齡相差了十歲，所以我的童年幾乎都是一個人，偏偏又屬於敏感早熟的孩子，對於大人的世界，很早就察覺到幸福表象之下的暗潮洶湧。

我是個戀家的孩子，到現在仍是。越是戀家，卻越有一種深沉的孤獨感。這個家越是千瘡百孔，我越難以放手，越是想要書寫。

父母是經過戰亂的一代，逃日本鬼子，逃共產黨，最後來到臺灣重新落地生根。某個意義上，他們都是「戰爭症候群」的受害者。對於他們的創傷，我們只能隱隱有感，卻無法更深刻地理解。但，做為戰亂受害者的小孩，我們的成長無可避免地，也受到他們的某種無法言說的陰影籠罩，所以我們的敏感早熟，不是沒有原因。

注定要成為孤獨的孩子，寫作似乎成了我最重要的救贖。

幾年前長居美國的哥哥過世了，我現在成了唯一能照顧爸爸的獨子。年輕的時候，總想要擺脫那一份如影隨行的孤獨感，過得倉促潦草。

但是這兩年，孤獨不再是負擔，它讓一切緩慢安靜了下來，反而幫助我聚焦，人生有哪些事才是真正重要的。

慶幸在還能改變的時候，趁著陪伴照護父親，好好沉澱思索了這些課題；也藉著書寫，調整了自己生命的步伐。我把這些日子的咀嚼思索記下成書，取名為《我將前往的遠方》（二〇一七）。因為我相信，每一段經驗都有它的風景。

現在的我，終於懂得哪些人哪些事已與自己無關。五十而知天命，或許就是這個道理吧？

＊

我非常喜歡《八月心風暴》（*August: Osage County*）那齣舞臺劇。劇中幾個姐妹為了誰該留下來照顧父母，彼此指責生怨。有學生看完電影版問我，在美國子女不是很早就自立門戶，他們不是有很多養老院？竟然他們以為美國人沒有父母的長照問題，真讓我啞然失笑。好在有這些劇作家小說家，把這個真實的問題赤裸裸的呈現。

做為年老父母的照顧者，不只要面對一個衰老的肉身，同時也在面對你與他們一生切不斷的所有過往記憶。我甚至認為，照顧年老父母不能把它當作是一份義務，它應該是一份心願。

隨著母親的離世，父親的年邁，我自己也已走向初老，進入人生的下半場。我感覺是父親在帶著我認路，我們正一起老去，一起回家。

坦然面對了悲傷之後，對「老」這件事我也慢慢適應與釋懷了。我猜想，有些人無法面對這份照護的責任，是因為他們對老與死亡莫名的恐懼，或是他們的生活一成不變，完全失去了應變調整的能力。

必須照顧父母，不管你覺得那是突來的變故，還是早已預見的必然，這就是人生另一次的改變；能夠改變的人其實才是自由的。

這幾年下來，我反倒變成了一個比較自在的人。沒有哪一種生活一定是更好的，眼前的生活就是好日子。雖然身心上難免感到疲累，但是卻發現，原來我還沒有失去改變自己的能力，因而感覺放心。

有人會因沒有頭銜或權力而焦慮，或對世俗的一些標準過於執著，但是總有一天，這些東西都不再具有原以為的重要性。

老後，我們都只有自己。

*

《何不認真來悲傷》出版後迴響不絕，並榮獲了金鼎獎、開卷好書獎、臺灣文學金典獎……一方面讓我深感意外，同時似乎也能理解原因：臺灣的文化與教育，不是一直在教大家作表面文章？從小到大我們都不敢、也不知如何面對自己、以及身邊親密之人的悲傷？

有一封不具名的讀者來信，讓我至今耿耿於懷。

一開頭，他（她？）描述了一條巷子，寫下了一個地址，那正是我第一個有印象的老家所在，住到七歲就搬了。快五十年前了，竟然這位未署名的讀者曾是我的鄰居。

他接著寫道，在他記憶裡，一直有這麼一個印象，看見一個小男孩穿得整整齊齊，並不加入他們的遊戲，總是一個人站在那兒，帶著有些苦惱的神情，若有所思地看著遠處……然後他讀了《何不認真來悲傷》，突然有種恍然大悟的感覺：那個小男孩是我！

讀到這裡，我差點掉下眼淚。怎想得到，不過是五、六歲的孩子，有一天他不經意回頭瞥見的景象，竟然解釋了我多少年來的疑惑。記得很小的時候，我常會獨自怔怔望著窗外，也許就只是困惑：我，為什麼在這裡？

長大後再也不曾對旁人說起這段，因為自己都不相信記憶的正確性。直到這位讀者的來信，證實了那不是我的想像，的確有目擊證人看到過，那個幼小而無措的我。

那個孩子一直都在，躲在我靈魂的角落。

之後，在成長過程中我漸漸分不清，究竟我與那小男孩，誰是誰的想像玩伴？

開始寫作，就像說故事給那個小男孩聽。我描述著人情突梯，各種關係的起落聚散，告訴他外面的世界，以及我的祕密。

然後有一天我決定不說了，這一擱筆就是十幾年。

中年後再次提筆創作，我恍惚有種感覺，現在是換成了那個男孩在說故事給我聽……那些我曾迴避的、假裝不在意的、幾乎要遺忘的……

*

這些年照顧父親，在旁人眼中這或許是一件孤獨的差事。但我反而感覺終於可以跟自己好好相處了。懂得孤獨，才會知道什麼叫陪伴。

我甚至覺得，是父親在陪著我，教我認路。回溯的動力何來，我想，就是想找到那條（存在主義式的）回家的路吧？《我將前往的遠方》這本散文，某種意義上，也就是對單身初老的自己孤獨狀態的內視，決定接下來要帶著哪些回憶，繼續上路。

我也收到過一些外省老伯伯們的來信。從他們的字裡行間，我可以感受到他們的孤獨，那種過往無人可言說的被遺棄感。

父母那輩經歷過的家破人亡，即使身為外省第二代的我，也只能從童年的記憶裡拼湊出一個輪廓。直到這些年，當我手忙腳亂地想一個人撐起一個家，才赫然理解到他們當年來臺時的無家之痛。

二十歲不到，就什麼都沒了，匆匆忙忙結了婚，一心只想重新成立一個家。他們那時也都還只是孩子啊，沒有資源，沒有經驗，有的只是創傷與強迫自己遺忘的痛。

有了這樣的理解，父母在我心中成了兩個孩子的形象。

曾經，我認為個性不合的他們這樣辛苦地維持著婚姻，是多麼荒謬的彼此折磨，甚至是對子女的折磨。然而，他們在臺灣也只有彼此，這樣的心情我終於能體會了。

父母那一代的外省人，如今健在的不多了。有時我覺得自己很幸運，還來得及用不同的角度與心境，繼續陪伴著父親。

*

現在回顧，我是花了好幾年時間，從《夜行之子》、《惑鄉之人》、《斷代》……一本一本鋪路，才終能夠面對了自己「外省第二代單身無家同志」的這個身分。

如果孤獨是我這樣身世的最佳注腳，我已坦然與它共處。這是年紀大了的好處，也是書寫給我帶來最大的安慰。

文學的書寫與閱讀，都是漸層式的感染，彼此之間生命的迴照。相信我的讀者中，更多的是看到我們身世背後的人性與關懷，而不是那個標籤。這是個喜歡泛政治化亂貼標籤的時代，但，總有人會從你我文字中體會到，不被標籤下咒的自由。

二〇一五年的時候，決定留職停薪，從花蓮回到臺北照顧爸爸；同時，更艱難的部分，是我也必須得重新面對，那個已經不能回復原狀的人生。

幾乎就是打掉重練。認真悲傷之後，我開始認真思考我的單身初老。

三十而立、四十而不惑……年輕的時候，總有許多可供想像自己未來的電影與文學，或是拿他人當參考。赫然來到五十，所謂知天命，我終於才明白，爾後就是一條獨行的路，只能自己負責。

認真悲傷，像是驚覺迷途後讓自己先冷靜下來，折回，再次面對當初的岔口，然後重新出發。

好在，我發現我仍有能力改變自己的生活目標與步調。

千萬別誤解，寫作療癒不是在發洩情緒。事實上，那是對自我一種嚴格的檢視與整理。尼采說：「因為藝術，我們不致被真相所毀。」我會用更廣義的角度來解釋這裡的「藝術」二字，不光指文學或美術的作品，或許，它也是一種看見生命不同面向的能力。

所有的療癒與自我修補，最後都得落實在各種生活場景的細節中，我稱之為我的「高年級生活練習」。

不敢說對未來完全沒有疑慮，但是這些日子下來，我的確感受到心境的轉變。

*

在我的書中曾經提到，某位前輩竟然對我這些年的遭遇下了如此的結語：「這就是給你這種不結婚的人的懲罰！」……為什麼到了今日，仍有這麼多人對於單身（甚至可以說，婚姻）的觀念還是如此牢不可破？

別說婚姻關係，我連同居關係都不曾。只能從父母身上觀察，發現總有一方要犧牲多一點倒是真的。

女性因為養育懷胎，因對子女的放不下，自然容易成為讓步較多的那一方。在我的母親過世後，我也一直在問，到底吵吵鬧鬧大半生的父母是不是相愛的？他們不也是自由戀愛的嗎？

同婚釋憲的結果出爐後，有朋友問我感覺如何？在欣慰之餘，心情其實並沒有太多的波動。因為，這幾年除了與父親一起回家之外，更是我一個人與自己成家的練習。並非對愛情失望，而是現在的我，終於學會安心跟自己好好相處。

或許，這已經與同性還是異性戀無關了。為什麼總要過了一定的年紀，才會懂得情人與伴侶是兩回事？

有一部電影《單身動物園》（*The Lobster*），片中男女在限時之內都要找到對象成婚，否則便會變身為動物。男主角為避免重蹈哥哥的悲劇，只好扭曲了真實自我，極力配合對方的變態性格，就連逃亡後仍無法獲得自由，非常犀利的諷刺寓言。

同志婚姻會不會為現有的制度帶來活水？我是持保留態度的。照目前看來，同志要的就是跟異性戀一樣的婚姻，那才叫平等啊！

因為相愛，希望兩人的結合能得到法律上的保障，當然是人權的範圍。但我常會反過來想這整件事，不管同性或異性戀，其實他們對「相愛」

這件事的理解，早就被父權主導的婚姻制度根深柢固制約了。

一旦有一個可追求的婚姻前題，所有的相愛在下意識裡，難免都有一個追求「名分」或「成家立業」的動機。沒有人在一心追求一個沒有「結果」的愛情吧？

對一般人來說，那個果就是婚姻了。成不了婚的愛情，總像是被蓋了某種失敗的印記。就算終能走入婚姻，也念茲在茲我在這場婚姻中得到了什麼？進而，法律對婚姻中的平權越多保障，會不會越讓人誤以為，愛這件事本身也是平等的？

*

不管對男女、親子、手足、朋友的愛，從來都不是平等的，婚姻與成家立業的邏輯，讓愛這件事情變得扁平。

年輕時，確實在不可能「修成正果」的感情中一再受傷，但是中年後，我發現我並非在這種「失敗」中一無所獲，這樣的經驗反讓我理解到，愛不是一種需求，它是一種能力。

說到底處，愛你的配偶子女，或是愛你的父母，都要具備同樣這種能力，那就是，為對方著想。

因而，我慢慢體悟到，愛不是交換禮物；愛不是幸福保險。愛從來沒有許諾過一個玫瑰花園。

愛是一種成長的經驗，有歡笑有痛苦，有付出有受傷。愛是這全部的總合，它是光明的，也是黑暗的。但是，沒有經驗過這全部的人，就不算真正愛過。

即便獨身，我相信自己仍然是一個有能力去愛的人。

去愛，未必是要不斷向外尋求那個對象。我懂得去愛自己現有的，包括責任，甚至是孤獨。

因為，那些真正值得去愛的，即使在孤獨中，仍可感覺到它（他）們存在的溫度。

可不可以不要寫？

寫作終究是將自己丟回未知與虛空中，
繼續埋首的那當下，她只有酒精與寂寞。

某日隨意翻書，莒哈絲的《情人》（L'Amant）英譯本在一開頭出現的一句話，赫然抓住了我的視線。Very early in my life it was too late。再簡單不過的幾個字，年輕時就讀過的書，那時候顯然沒有受到太強大的震撼，不像如今的我會瞪著這一行字發呆許久。

總是來不及，來不及長大，來不及道別，來不及美好。我懂，那種總是在不對的時間發生的刻骨銘心……

輕描淡寫如一句廢話，曲折壓抑又宛如一行詩。好奇中譯本是怎麼翻它的？「在我的人生中，很快就太遲了」，什麼跟什麼呀？我駭笑起來。又再讀幾頁，太多牛頭不對馬嘴的中譯。我雖不諳法文，但是沒聽說過芭芭拉．博芮（Barbara Bray）的英譯本有遭到過什麼抨擊。中譯本不可信，那就拿英文版來做佐證好了，發現大陸這位譯者在臺發行多年的這個譯本，充滿了不少瞎掰的句子。如果只是描述性的文句倒還罷了，只要一碰到有點思想與詩情的部分就露餡了。

像是莒哈絲談到寫作：「if writing isn't, all things, all contraries confounded, a quest for vanity and void, it's nothing.」（若不能重返混沌，在未知與虛空中竭盡探索，寫作毫無意義。）說得好。少了這種置之死地而後生的堅定，寫出來的作品最後都不過是，自我感覺良好罷了。結果我們的中文版卻是這麼寫道：「只要不是七拼八湊逐名趨時，寫作也沒什麼。」

*

年輕的時候讀莒哈絲的《情人》，根本沒注意到開場時她丟出過這樣一句話。或許是太過期待她的中國情人出場，也或許是還沒開始閱讀就已經受到太多暗示性討論的先入為主。什麼情慾啦、後殖民啦、女性主體啦、記憶與創傷啦……以上說法也都對，但卻無法完整描述這樣一本薄薄的小書，為何有一種讓人如被催眠般的後座力。

年過五十歲我偶然又翻開此書，才發現法國少女與中國男人的畸戀故事不是重點，類似的故事她已說過幾回。

事實上，這是一本關於書寫的書寫。

在創作《情人》之前，她已經多年沒有受到讀者青睞的作品，無論是評論或是市場反應都冷淡，她長期的酗酒更讓她的健康亮起了紅燈，寫作事業可以說幾乎跌到谷底。在下筆時她並無法預知，一段早就書寫過的往事，這回竟能閃露新的靈光。

據日後她的傳記研究者披露，莒哈絲原來根本沒有這樣一部小說的計劃，她只是為一本（聽起來很像是騙版稅的）舊照片蒐藏成冊的圖文書寫序。是那位小她近四十歲的男同志愛人在為她的手稿打字時，發現這根本是另一本小說的絕妙開頭，才讓莒哈絲把一篇（也許是醉酒時完成的）序言發展成了後來的《情人》。

小情人的一時福至心靈，加上莒哈絲天才式的舉一反三，讓《情人》遠遠超越只是一個初嘗情慾的少女成長故事，不僅成為已七十高齡的莒哈絲一舉拿下龔固爾大獎的翻身之作，更是二十世紀末法國小說最為人津津樂道的經典之一。

老調重彈竟洛陽紙貴，並非她這回爆料更多，細節更清晰。她這回讓讀者驚豔之處，是讓讀者看到書寫這事的無法預測，才正是書寫之所以珍貴的原因。她稱寫作終究是將自己丟回未知與虛空中，繼續埋首的那當下，她只有酒精與寂寞。

這反倒形成另一種書寫的美學，如一罈被遺忘的陳年老酒，一開封的瞬間醇釀撲鼻而來，成了一股氣旋，直竄每個讀者的心中。

＊

多讀幾本莒哈絲之後不免會被她搞得有點頭昏，相似度極高的自傳元素在不同的作品裡東遊西盪，似曾相識倒也罷了，甚至常會自己打臉。莒哈絲之前在別的作品裡，不是沒有提及過她在越南的童年與家庭，因為與《情人》一書的背景具有高度相似性，人們便冠以「自傳性小說」一詞。

重讀了幾遍《情人》，又讀了厚厚一本勞爾・阿德萊（Laure Adler）所著的《莒哈絲傳》後，我對她為寫作下的定義更有所感。沒錯，這是一本小說，並非自傳。

她從來不要簡單的真相或答案，每一次重新涉入小說中的場景，都企圖讓先前看似都已就定位的安排又陷入無解，哪怕是打臉了自己原本的理解與詮釋。

身為共產黨員的莒哈絲，二戰期間參加過法國地下軍對抗納粹占領的莒哈絲，在她的《廣島之戀》劇本中卻寫進了與德軍通姦的法國少女，對於少女在德軍戰敗後所受的凌辱，竟然明顯予以同情。她不是該反納粹到死嗎？

法國少女成年後成為女演員在廣島拍片，邂逅了日本男子，異族之戀的哀怨動人，到了《情人》書中卻又充滿了白種殖民者的優越感與種族歧視。她不是應該為曾是殖民者一員出來道歉嗎？

這樣的捉摸不定，倘若搬到了臺灣文學的場景，簡直就是匪夷所思。曾幾何時，臺灣的小說都得是立場明確，不能見容忽而從被害者、忽而從威權者角度看人性了？

寫作再也不像一場與渾沌的角力，不再充滿未知，而是有策略可循，也有鎖定的讀者及評論者，甚至也都想好了與作品相關的周邊議題與宣傳方式。寫作者與作品之間是一條直線，沒有迂迴翻轉，鮮少有什麼意外，更不會有冒險。每年都可以提一個創作補助申請計劃，甚至同時領有兩筆以上，如趕貨般如期繳卷後領錢。

寫作之於我，從來無法預設什麼目的與策略，我也不認為作品就能為自己的身分，美學，政治立場……等等做出說明或辯護。也許始終就不過是，亂世中的一顆真心罷了。

永遠還在摸索當中。每一次下筆以為朝生命的核心又靠近了一些，卻又經常發現反被帶引進入更難解的逆向歧路。

但，教我訝異的是，愈來愈多的小說都像是一個鼻孔出氣，串聯著如同遊行齊步走，連虛構都免了，只要虛擬就好。最近一次我擔任某高額的創作補助案評審，最後決審入圍的申請案，有三分之一是寫原住民與花東，三分之一是有關臺灣史的資料搬弄，另外三分之一則都是有關破碎家庭。

無須慢調出能夠穿透人心的火候，更免了咀嚼一切努力將成徒勞的焦慮，材料湊齊了議題表態了，半生不熟仍照常可以上桌。

是我老了嗎？莒哈絲的不厭其煩，活到七十歲還在同樣的材料裡尋找安身立命的出路，反倒讓我覺得可敬起來。

*

Very early in my life it was too late。

很喜歡這句話，於是，二〇一八年出版散文集時便用了《來不及美好》這個書名。

在人生的起步，一切已經都來不及了：智慧總是來得太晚，幸福永遠是後見之明。

但搬到今日臺灣，恐怕只有一種解讀，就是資源分配的不正義，一切都沒份了，來不及了。不如去抗議或是臉書上筆戰與連署，立竿見影，成就感更高。

寫作終究是一場在虛空與未知中的漂流煎熬啊！

但這就是書寫這件事特別之處不是嗎？寫作的不確定性，曾幾何時，已成了作家這個行業不可承受之重？

我們

我們都把人生中最好的一段，
獻給了那些年，那座創作者的天堂。

當時，這裡還是個新綠滿眼的校園。

我離家十一年，從紐約拖著行李返臺的第二天，便搭上自強號搖搖晃晃三個多小時來到此地。

那年，我三十六歲，面對的不光是一個陌生的環境，更像是一個充滿著問號的未來。我將要成為學院裡的老師，我真的可以嗎？

就這樣待了下來。

因為當年那個叫「創英所」的理想，也因為曾珍珍與李永平老師對我的愛護，還有楊牧老師的器重，我不能辜負他們。

曾經差一點就要去T大的戲劇系，我跟楊牧老師報告，他嘆了一口氣說：「在這裡你可以獨當一面，去了那裡你只是個小跟班。」於是我就把資料都拿回來了。

原來獨當一面的意思，就是更重的責任。之後，我接下了系主任與「創英所」所長的職務，李永平與曾珍珍對我的信任讓我成長，我們三人的合作無間，也把這個所推向了高峰。

在那時還沒荒廢的湖畔餐廳，我們不定期會約在那兒聚餐，從陌生到熟悉，從互補到知己。珍珍與永平，在接下來的九年裡，幾乎就像是我半個家人。

但誰又知道，除了共同的理想外，我們能以校為家，全心投入，竟也是因為我們三人其實都是離家遊子？

我們都理解彼此的敏感與脆弱。

獨居在偌大校園中，雖然我們都各自靜靜忙著，但知道彼此的存在就很安心。

事情怎麼就開始變了調？

永平夜裡飆車撞進了公路上的雜貨店，所幸無人傷亡，但讓我和珍珍嚇壞了。之後永平便不再像以往那麼一派瀟灑自在，總是喝醉，變得躁動。

我和珍珍知道，他的心裡除了小說之外，現在還多了對人生的疑慮，讓他特別感到孤單。

接著是珍珍的喪子之慟。

篤信耶穌的她一直說，兒子已經進了天國，她不擔心，而且很快地，她又投入了工作，而且讓自己更加忙碌。看在眼裡，我總是有點不放心。

併校同時也終結了曾經風光一時的「創英所」，那是珍珍另一個珍愛的孩子。從此，她的身影更教我覺得飄泊無依。

某年，我夜宿宜蘭某大學的會館，夜半從陽臺上望出去，不免吃了一驚。為什麼這些東岸的大學校園到了晚上都一樣的寂寞？

我才意識到，十五年的時光就這樣不知不覺溜走了。

如今的鐵三角，只剩下我一個了。但我為我們曾付出過的，仍感到無比驕傲。

我們都把人生中最好的一段，獻給了那些年，那座創作者的天堂。

那些年，不僅學生的創作得到啟發，連李永平也因面對著花東山水，開始動筆《大河盡頭》。

小說家施叔青的《風前塵埃》，也是在擔任駐校作家期間完成了資料蒐集……陳雨航航叔也總是說，來「創英所」擔任駐校作家，激起了他重拾小說的興致，因此有了《小鎮生活指南》……

卸下「創英所」的重任後，我也終於能有時間創作了，《夜行之子》、《惑鄉之人》、《斷代》一本接一本長篇小說出爐……

最早，是第一任駐校作家黃春明老師的點子，將同學的創作編成了一本合輯，取名《眾神的停車位》。

現在想來，這書名頗有點預言的意味。

我們都曾在此停車，與眾神寒喧、擦肩。

在擔任所長期間，我繼續為同學們出版了兩本合輯，分別是《偷窺》與《風流》。當年的學生如今已不再是孩子，這次，換他們接手了。還有比這更欣慰的事嗎？

這第四本文集《最後一堂創作課》，有太多我們共同的記憶，還有堅持。

告別的時候請不要忘了微笑。

這是我最深的祝福。

9/24

也許不是我們選擇了文學，
而是文學選擇了我們。

九月二十三日晚間接到金倫通知，永平的告別式就在次日，離他溘逝不過四十八小時，的確有點匆忙。我也趕著聯絡了一些昔日東華創英所的畢業同學，希望到時場面不致冷清。但到底時間不夠，告別式當天出席的人顯得有些零落，還好有我們這些東華的老同事與畢業同學撐場。老友蔡詩萍隔日就發了臉書貼文，國家文藝獎得主的告別式竟如此蕭條？

但我寧願相信，永平並不會在意有多少達官政要來送他最後一程，因為他知道，到場的這些朋友是真心懷念關心他的好朋友。

告別式結束後，有學生才恍然大悟：「九月二十四，這跟李老師研討會那天的日期相同啊！」

我聽了也心頭一驚。只是巧合嗎？

難道冥冥中，是永平的心願在促成？

雖然，這兩場他都缺席了。

話說永平二〇〇九年從東華退休，這個決定同樣來得有點匆忙，也讓師資立刻陷入青黃不接的「創英所」，面臨了提前結束的命運。

當時正逢與花教大合校，所有獨立所都被消滅，師資人數頓時膨脹，遇缺不補，我向學校申請一位創作師資被駁回，新成立的華文系同時也要在碩士班開設創作組……在一片兵荒馬亂中，我與當年創所的系主任曾珍珍教授一籌莫展。

我當時想到了永平曾說過的一句話：「這個所如果能辦個十屆，就很不錯了！」一語成讖，沒想到正好就是第十屆。

永平也許一開始就心知肚明，在臺灣的學院體制下，這麼另類的研究所畢竟顯得格格不入。永平更清楚的是，這就是他教學生涯的最後一站了，從他對學生的投入看得出，他對「創英所」的感情自然非比尋常。

今日的我，竟然已是與當年來到東華的他相近的年紀了？

這將近二十年的一場緣分，就這樣要劃上句點了嗎？

*

我何其幸運，在離臺十年後來到這樣一個另類的研究所任教。感謝當時的楊牧院長，把我和永平同時聘了進來，點燃了現在回想起來如夢一場的創英所風華。永平與珍珍都可算是我的老師輩了，與當年才三十六歲的我共事，卻是絕對的放手與信任。

記得，第一屆學生中有一位已有文名的作家，極少在課堂上出現，大概以為這個研究所是個可以混文憑的地方，焉知我與永平珍珍這日後的鐵三角，對這個所抱有多大的理想。不諳世故的我在學期末把這位缺課太多、作業未繳的作家給當了，引起一陣譁然，沒想到楊牧院長竟然挺我，直說對方太囂張。永平事後更是意味深長地對我說：「以後我們就收幾個年輕孩子，好好教他們寫作吧。」

言僅於此，卻成為我和永平之間的默契，我知道他也是在「玩真的」，而不是只想找個地方韜光養晦等退休，寫自己的小說就好。

現在回想起來，「創英所」能在短短幾年間受到矚目，以及日後無法繼續與體制抗衡，其實都是因為我們的理想性。

也許不是我們選擇了文學，而是文學選擇了我們。

將近十年，我和永平都是住在學校的單身老師宿舍，都總在夜裡跑去超商覓食果腹，都是菸槍，都愛熬夜。這樣兩個都帶著一點落寞與孤獨的男子，沒有其他企圖慾望，只想著好好教幾個年輕人寫作，聽起來比小說還更像小說不是？

退休前，有一次他突然對我說：「還是找個人跟你在一起比較好。」向來他說話都是點到為止，相處久了，自然知道這是他的細膩之處。也許，就是那樣突然的感慨，讓他選擇離開了花蓮，不想再這麼孤單下去。

現在的我想起當年的他，才更能明白話裡的況味。回到臺北的他，不再需要擔心與女學生的一段黃昏之戀招惹來閒言閒語。然而創作對他來說永遠還是第一位，知道無法照顧對方而提出分手，一如他的任性與善感。

＊

二〇一〇年，他的《朱鴒漫遊仙境》要重新以經典版推出，這個經典系列中每本都新附一篇導論，永平邀我來寫。我重讀此書，不知為何倍感蒼涼。年少時來臺求學，他的大半生都在臺灣度過了，但正當他最意氣風發之時，島上文化與政治風向丕變，他的「臺灣性」甚至「馬華身分」都面臨了雙重的質疑，很長一段時間他就獨居在西門町，成了專業的翻譯。

終於，他的《大河盡頭》上卷出版了，我當時正好在主持一個「空間與文學」的大型計劃，便決定邀臺大臺文所加入協辦，為永平來辦一場研討會，主題就是他的臺灣／馬華書寫。

沒想到這也就是他生前唯一的一場，以他作品為主題的研討會了。

事前他一直很高興，但是就在所有講者與論文都邀齊了的時候，他突然跟我說，不要辦了好不好？那怎麼行，箭在弦上，不可能臨時取消。我勸他不要擔心，如果不想聽到別人怎樣討論他的作品，開幕或閉幕時出現一下，致個辭就好。

研討會當天，所有國內臺文所的所長們都到了，所有馬華作家與學者群也都出席了，還請來美國的石靜遠教授與香港的陳國球教授做專題演講，會場兩百個位子擠得滿滿，我卻頻頻朝門口張望，沒想到，他竟然就放了我鴿子。

我沒有再詢問，他也沒有解釋。我們六年沒再聯絡，直到在紀州庵那場《月河三部曲》發表會。他那時已經非常虛弱，見到我第一句話竟像孩子般撒嬌：「我生病了耶——」我心裡一陣酸楚。主辦單位怕他體力不支，他卻堅持留下聽我們當天幾位與談人的發言，在臺上還很高興地說：「你們都沒有說我的壞話喔——」

那天沒有，在研討會那天也沒有，但是他卻糾結著，終究無法面對。是因為「臺灣／馬華」這個主題對他而言，太沉重了嗎？

*

發表會過後沒多久，就聽說他已從振興醫院轉診到臺大。我前往探視當天，卻因他手術後一些狀況又再緊急進行了另一次小手術。我在加護病房外等待了一個多小時，與風塵僕僕、剛從馬來西亞趕來的永平胞妹淑華聊了許久。

她說，家中兄弟姐妹眾多，身為大哥的李永平沉默寡言，弟妹們都有點怕他，只有她跟哥哥比較親，因為都喜歡閱讀。少年李永平經常抱回家一堆的中文書，一個人埋首書堆，看後會把喜歡的幾本塞給她。淑華對哥哥離鄉赴臺求學前最深刻難忘的印象，就是兄妹倆一起靜靜讀書的時光。

哥哥常常一個人跑出去一兩天，問他去哪裡，他也不說。家裡小孩太多了，沒人管他。後來才知道他常常一個人在叢林裡亂逛。

為什麼會選擇來臺灣？我問。

喔，那時候在還是英屬殖民地的家鄉，最好的出路就是念英語專科，然後進政府當公務員。家裡經濟不是很好，繼續念英語學校是不小的一筆開銷，只能投資在一個孩子的身上。只有我和哥哥比較會念書，但是哥哥對當公務員沒有興趣，所以父親只好決定讓我在當地繼續念書。

那一天沒有見到生病的李永平，卻與那個帶著些陰鬱的少年李永平，有了一種初遇的感覺。

*

多數人認識的是文學的李永平，作家的李永平。但是曾與他共事十個寒暑，少有文壇朋友有這樣的機會，如此近距地與他長期地相處。

當年，我的高中同班同學考進中山外文系，開學沒多久便開口閉口他們系上有一位超酷超狂的年輕教授，那是我第一次聽到李永平的名字，《吉陵春秋》都還沒有完成。

《吉陵春秋》出版後的好評如潮，在我出國前就已見識到。初跨入文壇擔任副刊編輯，我對當年李永平的狂傲與火爆浪子行徑也時有耳聞。但當終於初見本人，在我面前的卻是一位非常和善體貼的前輩。一路共事下來，得到的也始終是他的鼓勵與相挺。

我更忘不了的是，第一次看見他在學生作業上的評語，用工整秀麗的字體，密密麻麻寫了快一整頁。

我們不定期聚餐，幾瓶啤酒下肚後的李永平卻又是另一個樣兒。或是突然陷入時移事往的感傷，或是對眼前臺灣的種種亂象激動不已。事後他又恢復了如常的悠然瀟灑，在還沒有全面禁菸的校園，常看得見他獨自遠眺著奇萊山稜抽著菸的身影。

李永平是寂寞的。

不管是當年的盛氣凌人，或是重執教鞭後的溫良平和，也許都不過是一種自我的武裝，他一直在一種失根的心情下，在找尋一種能夠落地生根的方式。甚至，創作到最後也只是不得不然的，另一種的武裝。

*

那日離開臺大醫院後，一直忘不了淑華對我描述的少年李永平。

有許多評論家總在李永平的身分表態上打轉，彷彿身分是一種可以穿脫更改的外衣。當然，他們著眼的主要是國族意識形態所界定的身分，從來不是存在主義式的辯證。

我看到的李永平，在還是白色恐怖尾聲的民國五十年代來到臺灣，揮之不去的是身為殖民地人民只能沉默的悲哀，隨之而來的卻又是臺灣當局對左傾思想的風聲鶴唳，馬來華人與馬共的長期淵源，讓這個隻身來臺的年輕人只能繼續戰戰兢兢。

直到《吉陵春秋》的成功讓他暫時躋身「主流」、「正統」的位置，然而等到《海東青》出版之時，臺灣的本土意識開始萌芽，讓之後《朱鴒漫遊仙境》的「中國意識」更顯得不合時宜。少年時義無反顧、去鄉投奔的那個臺灣，是海外華人心中的文化正統，但政治變天之後，他卻像是再一次被流放了。

回頭去書寫婆羅洲，打造一座想像的桃花源，那個婆羅洲仍然不等同於故鄉，而是純屬虛構的文學仙境。終於在《大河盡頭》裡，他可以重新假託一個少年的眼光；念念不忘的朱鴒，不過是一個在他心中已經死去的夢想，只有藉著文字一次次讓她復活……

在解嚴後大鳴大放社會氛圍中成長的一代，對於上一代永遠的欲言又止無法理解，尤其對於顛沛流離的人生缺乏同理。有時我會懷疑，在臺灣生活了近五十年的他，最後沒能以臺灣題材的作品而獲得一致推崇，會不會也是他的遺憾？

儘管文字炫麗磅礴，格局宏大氣魄，那終究是小說。現實人生中的李永平，無寧仍是沉默的。一如那個婆羅洲的少年，只能冷冷地看著他的周遭所發生的一切，選擇獨自走進叢林中。

9／24。

這個日期既是他唯一的一場研討會，也是他最後的告別。我與學生想到這裡都默然了，直到一位同學說：「多希望上一個九月二十四李老師在場，這一個九月二十四李老師缺席啊……」

那曾經的真實

曾經這麼真實地做過一個夢，
只有我們自己知道。

不過幾個小時前，我還在為即將舉行的李永平紀念追思會聯絡相關事誼。周五的晚間，不過才幾小時之後，我忙完演講，站在路邊打開手機，整個人傻了。那一夜，天空正降著濛濛細雨，沒有雨傘的我，淋得半身濕寒卻不察。到底發生了什麼事？只能開始猛傳訊息給同事與昔日的學生。曾老師的事是真的嗎？是真的嗎？

我們不是還要一起在永平的紀念會上，一起朗讀他的文章嗎⁉妳這個玩笑實在有點太過分了！

是真的。

老師在家跌倒，未能及時被發現，失血過多……

（永平告別式上竟然就是最後一面了？）

不過前後兩個多月，我痛失了兩位亦師亦友的好同事、昔日的革命戰友。若不是曾珍珍，當年我們天南地北的三個人，又怎會相聚於花蓮東海岸的校園？

華人世界第一間以文學創作為主的研究所，未因之前吳潛誠主任在籌備中途因病辭世而胎死腹中，接任的曾珍珍極有效率地，讓當時文學院院長楊牧來到東華的這個重要計劃貫徹落實，成為「東華創作與英語文學研究所」真正的催生者與創所所長。

一九九九年我還遠在紐約，接到她的越洋電話還一頭霧水，直到二○○○年第一次走進東華校園之前，我甚至一直以為校區是位於海邊！但是當時電話上她的語氣極為誠懇，聽她敘說著開課的規劃，我不禁就在腦中也勾勒起一幅夢想的遠景。

原來不只是我愛作夢，原來她與永平也都是愛作夢之人。三個想來改變一下臺灣文學教育的痴人，因緣際會就這樣湊在了一起。照說，珍珍與永平都是我的老師輩，但是對我這個剛回國任教的菜鳥不但沒有一點架子，反而給予我極大的空間與信任。

珍珍一開始就規劃了一門零學分、上下兩學期的「英語閱讀密集訓練」，並且親自上陣授課，毫不馬虎，當時我就知道，這個所的未來畢業生一定會非常精彩。

長期以來，中文與英文兩個學門各走各的路，一成不變的教學當然也只能訓練出同樣一種類型的學生。但是這個疆界被我們打破了，從這個所上畢業的同學接下來幾年在各大文學獎展露頭角，如今許多更已成為臺灣文壇六、七年級世代的中堅。甚至，曾經還有某出版界友人跟我說，如果不是我們的畢業生，臺灣的文學編輯就要斷層青黃不接了！

自己也是翻譯高手的曾珍珍，從一開始就設定了文學不能劃地自限的方針，中英左右開攻，無疑就是打開年輕學子不同想像力的關鍵。我與兩位前輩都有相似的背景，臺大外文系畢業，美國取得博士，更體認到回過頭來引水灌溉本國創作與翻譯的重要。日後有人稱我們是「鐵三角」，大概就是因為這共同相近的理念。

但是，我心裡也一直有種感觸，這個鐵三角還有另外一個共同點，我們都是獨居，住在教授宿舍。珍珍家人在美國，我與永平兩個單身，難道不是因為這樣，那些年我們才能以校為家，把創英所當成生命中一個重要的託付，所以才能全心投入、義無反顧？

曾經，外面看我們風光，但是事實上這個所經營得極為辛苦，沒有資源，我們僅有的資源就是努力全心上課，紮紮實實地教，一對一地與學生討論他們的作品。然而，同仁暗中掣肘的事層出不窮，外系對我們也多側目或不以為然，想取而代之者也都在醞釀當中。不像永平與珍珍，他們已是正教授沒有升等壓力，我當年一個小小助理教授只能行政、教學、論文三頭燒，回國後自己的創作完全荒廢。

每當我沮喪至極的時候，聽到曾珍珍用她溫柔又開心的聲音跟我分享著同學們的表現，他們繳上來的作業多麼令人驚喜，我總會又被她軟化了，繼續甘願為這個夢想付出，並暗自感謝著她這一路帶領著我，在學院生涯中摸索歷練。

（年過四十還會有跟自己一起圓夢的伙伴，是幸福的事，不是嗎？）

但是這個夢卻因為永平的退休而一夕變色。合校後師資名額凍結，除非能跟學校高層關係打得火熱，否則都碰上遇缺退不補的局面。我的夢一下子被打醒，終於看到在學院中適者生存的叢林法則。楊牧院長還在的時候，李永平還未退休之前，學校裡沒人妄動出手。二〇〇九年成了「創英所」被滅的關鍵年，重要原因之一當然還包括，那年冬天，珍珍的公子在美車禍意外喪生……

新的學年再開始的時候，一切都不一樣了。

創英所停招，新成立的華文系設立了一個創作組將我們取而代之，這件事帶給珍珍的衝擊其實不亞於失去了她另一個孩子。但是當時我一開始並未察覺，只能常勸她：我們還有英美系的學生需要我們，就放下吧，不要在校務會議上或文學院裡再談這件事了。或者，我也會幫她打氣：未來的事誰知道？也許有一天我們把李永平以駐校作家身分再聘回來呢！……

但是漸漸地，我看著她身體狀況明顯不及以往，視力的毛病加速，雖然仍總是笑臉迎人，但她的目光裡再看不到往日的意氣風發。而隨著青光眼的惡化，她開始總戴著墨鏡，有時我會懷疑，那會不會是為了掩飾她眼裡的哀傷呢？

（如果，當年我們就只是一個普通的英文系，就只是過著簡簡單單寫論文的日子，是不是大家的命運就會不同了呢？）

總是擔心妳開車容易恍神，萬沒想到出事竟在自己屋裡。

這座獨棟新居，也是妳奮鬥了十餘年，全由自己一手設計，終於在今年年初落成的另一個夢想。夢才剛圓，此處竟已成了妳永遠的落腳。

多想回到十七年前，我們初識時，我總會開玩笑把妳名字唸成「曾曾曾」或「真真真」。

我們曾經這麼真實地做過一個夢，只有我們自己知道。

The Destined Life

郭強生

II 當我們討論愛情

當我們討論愛情

癡纏本就是俗事，除非不沾。想要追求脫俗，
只有在紙上，不存在活生生的兩具肉身之軀間。

電視上竟然在播《傾城之戀》。當年邵氏公司砸下巨資，改編了張愛玲同名短篇小說，由許鞍華導演，周潤發、繆騫人主演。那是邵氏極盛轉衰之前最後的幾部大製作，斥資在淺水灣搭出了一座半島酒店場景。記得當年開拍前報導得沸沸揚揚，由誰來飾演白流蘇與范柳原，自然也是影迷最關心的。然而，對張愛玲的書迷來說，把張的作品搬上銀幕，第一個反應恐怕多是「齒冷」。也無怪乎時隔快三十年，我才第一次看了這部改編。

三十年前的許鞍華算是第一次「下海」拍商業文藝片，她選擇用小火慢燉的手法，雖然把張愛玲小說中的對話一句句照搬，但仍看得出她企圖擺脫張氏魔咒，要把《傾城之戀》變成她許鞍華自己的作品——關於香港被日軍占領的那一段歷史。

撇開當年一些配樂配音上的技術落伍問題不談，全片拍出一種懷舊的淡淡感傷，還頗有餘味。然而，對於張迷而言，白流蘇與范柳原的愛情遊戲被大時代淡化，恐怕是不能饒恕之過。這部電影當年推出後並未如預期轟動，可想而知。如果真要說，許的這部作品有什麼大錯，那就是周潤發與繆騫人，兩位優秀的演員在片中毫無發揮，算是浪費了。

好吧，因為是邵氏的電影，俊男美女是必要的。但白流蘇與范柳原，從來就不是什麼氣質高雅、飽讀詩書之輩，以周與繆的演技，演出一個自私的男人與一個自私的女人，絕對有看頭。但他們在電影中一個宛如英國貴族，一個像是民國才女，真的談了一場戀愛，這才是這部電影與張愛玲原作小說的最大分歧。

*

看完了許鞍華版的《傾城之戀》，讓我陷入了某種憂傷。如果說，大家一直對於瓊瑤的愛情小說如何「荼毒」了年輕男女，以不食人間煙火的罪名大肆撻伐至今，張愛玲筆下的愛情又如何影響了我那一代的文青呢？

張愛玲的讀者自然不覺得自己與瓊瑤的讀者會有什麼共通處，但是愛情就是愛情，管你是工廠女工還是校園才女，被甩了的時候同樣難堪，越是在乎就輸得越慘。愛戀癡纏本就是俗事，除非不沾。想要追求脫俗，只有在紙上，不存在活生生的兩具肉身之軀間。

我輩不讀瓊瑤者，並非年輕時對愛情不好奇，反而是自以為可以談出一場與眾不同的戀愛，以為憑了智慧就可以洞澈情愛，殊不知，情愛與智慧本是背道而馳的兩樣東西。同樣的錯誤可以一犯再犯，對情人來說不是新鮮事。

瓊瑤筆下的男女愛得可歌可泣，這叫不食人間煙火。沉浸於張愛玲的譏誚冷冽，雲端俯瞰紅塵情孽，難道不算是另一種不食人間煙火？

才二十出頭，張愛玲便已寫活了凡夫俗女的小情小愛，看她小說中的女角，不管是白流蘇、葛薇龍、淳于敦鳳、還是丁阿小，只要守住一個男人，日子儘管千瘡百孔，湊和著總能過得下去。但那樣的人生，離二十來歲的張愛玲還很遠，美名與自尊她都不缺，寫下了這些故事更像是當做自我警惕——可千萬別這麼傖俗地上演了一失足成千古恨哪！……

我輩張迷大約都是在青春年少時首次讀到她的作品，自是驚為天人。然後張愛玲就像大學社團裡的某個意見領袖一樣，帶領著一群孩子聚在一起竊竊私語不歇。每個人一開口都模仿了她的聲腔，都喜歡她那種華麗高調的派頭。我們以為她可以帶領我們闖世界。沒參加校園民主運動搖旗吶喊的，暗暗也以張愛玲為師，進行屬於我們的一場「以庸俗反當代」的精神革命。

哪裡知道，這都是烏托邦，對現實人生其實都一樣無知。更不用說，彼時根本不曉，遠在美國的她究竟過的什麼日子。

*

看完電影，又把小說取出來重讀，依然讀得入神，主要是因為太多的年輕回憶同時浮上心頭。那時我也還沒有戀愛的經驗，以為愛情就該是那樣步步為營，以為人世間真有棋逢對手的某人，能以張腔與我過招調情。

或許，我也只是想調情而已。

那時的我有點自暴自棄，相信一輩子都將與愛情無緣，恐怕這就是我的宿命。

蘇偉貞在她的張愛玲研究《描紅》一書中，有一章節特別談到張愛玲對臺灣同志書寫的影響，認為新一代將張腔發揚光大的，正是同志的書寫。她拿張的作品中不經意流露的同性情誼做為引證，找出類似的描寫也出現在後來的同志作品中。

現在的我再讀到小說〈傾城之戀〉中的那一段話：「精神戀愛的結果永遠是結婚，而肉體之愛往往就停頓在某一階段，很少結婚的希望」，立刻就聯想到在同性結婚無望的年代，這看法未嘗不是許多同志們的自嘲。

以張的說法為師，因為只有肉身之愛，難怪成不了連理枝。「以身相許」結果，換得「歲月靜好，現世安穩」足矣，結婚這檔事就別想了。

早年的小說被歸為張派我並不意外，但是《描紅》的論點卻點醒了一個我年少時無自覺的可能：除了文字的魅力與文青都在爭相模仿的風潮外，我在張的故事中是否還找到了另一種寄託？

如果同志在懷春少年時都必須學會壓抑克制，張愛玲筆下那個反愛情的庸俗人世，是否曾讓我得到稍許安慰？罷了，不過是一群自私自利的男女在算計著得失，從這場遊戲中缺席，也算不得人生太大的損失……

張愛玲筆下的愛情多少都帶了些病態，這似乎也很符合那時的我，沒有愛情可談的自憐。非常喜歡〈花凋〉，簡直覺得那是自己人生的寫照：不是沒有私慕之人，只是因為家庭，因為社會，更因為自己的不完美，只能被放棄：「碩大的自身和這個腐爛而美麗的世界，兩個屍首背對背栓在一起，你墜著我，我墜著你，往下沉。」

那年頭在臺灣，連國外的同志文學翻譯都少見，只能在張的〈花凋〉中撞見了那最接近的、對愛無望的描寫。

女主角鄭川嫦花樣年華卻染了肺病，醫生章雲藩有情有義等了她幾年，最後仍與女護士余美增訂了婚。與川嫦瘦弱病體對照，「胖得曲折緊張」的余，儘管平庸，但總還是個健康（正常？）的女人。是啊，最後總是會輸給這樣的一個女人……

可是有時候川嫦也很樂觀……看不見的許多小孩的喧笑之聲，便像磁盆裡種的蘭花的種子，深深在泥底下。川嫦心裡靜靜的充滿了希望……

當年第一次讀到這幾句，竟讓我淚流滿面。獨自暗傷之後轉身，面對世界時，只消將張派對世人愚情癡愛的刻薄發揮得淋漓盡致，便可躲過周遭對我感情世界的進一步盤查。某種程度來說，張腔提供了當年仍是處男的我，一種掩護的庇蔭吧？

《描紅》書中將同志書寫與張腔做了連結，但所舉的例子，多是我們這些晚輩作家們非常早期的作品。張腔彷彿是年少自我認同過程中，藏身櫥櫃階段正需要的護身符，三十五歲後的我便開始急著努力跨脫出去。

我這是把真戲假作，直到三十五歲以後再也作假不下去。而張愛玲卻是把假戲真作了，一步步走向了沒有光的世界。

無須再八卦張愛玲胡蘭成之間的故事，我們可以確知的是，張愛玲之後的小說總呈現力有未逮的窘境。因為她的生命到底還是避不過，沾上了他人的氣味。之後她彷彿嗅覺一下子被攪亂失靈了，再也無法理直氣壯，只能繼續慌張地撇清閃躲。

下嫁過氣老邁的美國劇作家賴雅，卻又讓此翁宛如隱形人般任何人不得見。這老傢伙最後是怎麼死的？沒在任何文章裡提過的老傢伙，她到底是愛，還是不愛？每當我想像著張愛玲拖著一個中風老人，隨著她駐校作家工作的不穩定而四處搬遷時，總感到有種說不出的悽慘。

*

三十年後重讀〈傾城之戀〉，認定這個故事的本質應該是一場鬧劇。「夠不上稱做美男子」的范柳原，碰上了「特長是低頭」的白流蘇，見過世面的男方，不會不知女方的算盤，心癢難耐卻只願意提供金屋藏嬌。走投無路的女方加減乘除一番，勝算太低，結果白費心機一場，也只能乖乖地被包養。然後是一場轟炸，兩個各謀其利的人也就安分地成了家。婚後的范柳原「把他的俏皮話省下來說給旁的女人聽」，「還是有些悵惘」的白流蘇，最後仍然「笑吟吟的站起身，將蚊香盤踢到桌子底下去」。

這個結尾收得好，像是張愛玲突然大夢初醒，發現自己太入戲了，前面的情愛周旋，差一點真要成了地老天荒。所以最後才用說書人式的觀點踩了煞車，為這兩人的成家下了評語，才拉回了這本是一場鬧劇的故事。

悲劇與鬧劇只不過是一線之隔，張愛玲不會不懂得這個道理。但到底沒捨得讓范柳原與白流蘇真正露出饞相，這讓〈傾城之戀〉始終還存有那麼些才子佳人的浪漫，繼續誘惑著那些自視不凡的男女。

在我看來，〈傾城之戀〉並不算張愛玲的上乘之作，但范柳原與白流蘇不知怎麼，竟成為張氏男女的代名詞。說張愛玲是鴛鴦蝴蝶派的繼承者，其實是沒有錯的。人世間兩人最終結合了，就算不是幸福美滿，生活裡充滿著瑣碎細節，也是鬧劇成分居多。

真正的愛情，其實永遠都是悲劇，那就像是，一個人被鎖進了孤獨的自我對話中，就算得到對方的回應，那也頂多像是傳來一句自己的回聲，你還是不會知道答案，對方究竟能愛多少？愛多久？……

寫庸俗男女汲汲算計得失，相較是容易的。張真正寫過關於愛情這場悲劇的，恐怕是〈金鎖記〉——一群得不到愛情的人，全在那屋子裡瘋了。

孤女張愛玲

女作家的生命如同在大太陽下曝晒著的一床被單，
上面長滿著天才夢的塵蟎。

張愛玲過世前出版的作品不算多，大概所寫過的每一句話，都早已被張迷們咀嚼到熟爛。如果說，「生命是一襲華美的袍子，上面爬滿了蚤子」（張語），如今更像是，女作家的生命如同在大太陽下曝晒著的一床被單，上面長滿了做著天才夢的塵蟎。

這是經驗談，因為我自己曾經就是其中的一隻。

高中時模仿起張愛玲就很有點樣子了，一出道就很快被評論家指認，歸在愛玲祖奶奶徒子徒孫的系譜中，那時還頗得意。但是年過三十五之後，我突然發現我只不過空具了那樣的嘲諷冷峭，我這個人骨子裡，可是跟張愛玲差了十萬八千里。對於所有傷害過我的那些人，我不僅早都原諒了，而且都想辦法把曾經的痛當成了寫作的動力。

張愛玲可有真正寫過她的愛情故事？我想是沒有。

當然，我這裡所說的不是對號入座、可供扒糞揭密的那種自白。小說家筆下的人事時地物，總會經過移花接木的修潤與增補。只憑真材實料的故事當然不會好看，小說家都深懂藉題發揮的道理。然而，即便只是在杜撰每個角色心情的千迴百轉，小說家們都不可避免地，把自己種種的人生觀察給摻了進去，尤其是寫實主義的小說家們。

福婁拜更曾經說過「包法利夫人，就是我」這樣的名言。他當然沒有扮裝成女子，一再不安於室跟人偷情，最後身敗名裂。但是相思中的魂不守舍，欲愛貪婪的摧枯拉朽，大師寫得逼真，若不是動用到自己設身處地的每根神經是辦不到的。

＊

難道張愛玲不曾為她的曹七巧、葛薇龍、白流蘇……設身處地？儘管愛情狡猾也悲涼的真面目，在她筆下總顯得如此驚心動魄，但我卻認為，張愛玲筆下的這些女人，愛情對她們來說，恐怕是翻轉命運不可缺的一張牌，她們更擔心的是，叫牌的機會與亮牌的關鍵時刻是否掐捏精準。一個閃失，就成了〈色、戒〉中的王佳芝。

這些女人共同的另一特色就是，都認為自己身不由己。

三十五歲之後再讀張愛玲，我雖對她老人家的文字仍五體佩服，但對所有這些角色的身不由己開始感到隔閡。二十多歲的才女寫下的那個「一步步走向沒有光」的世界，畢竟都還曾是姹紫嫣紅過的，還能撐起一個背景讓她們站在前面，擺出一個美麗蒼涼的手勢。我驚覺到，所有我們這些曾是張派的徒子徒孫，哪個有這樣的舞臺？倒自己演得如醉如癡了。

張愛玲只是一個小說家，既不是哲學家也非心理學家，後人拿著她的句子演繹得實在有點過了分，從文化歷史到人生命運，好像都可以從她的文中找出一個漂亮的句子當作答案。這不是她的錯。換做我是她，全華文世界讀者都想從我這裡汲出點汁蜜當成顯聖，我也一定會想要避世躲得遠遠的。

我以為，她最能設身處地的不是談情說愛中的那種身不由己，而是一種孤女的身不由己，以及因為這樣境遇下所產生的種種心理病態。這其中當推曹七巧為孤女遺恨之首。

*

好在〈金鎖記〉只是萬把字的中（短）篇，在張愛玲筆下幾個漂亮的意象流轉，曹七巧畫像的底稿就出來了。但是一旦改寫成了長篇的《怨女》，怎麼同樣的人物故事就稀鬆了起來？

如果曹七巧／銀娣的人生攤展成更長的篇幅，作者就必須更有赤裸自己精神面貌的勇氣去補齊人物性格。《怨女》中女主角的感情世界所占的比重，較〈金鎖記〉多了好幾成，這就不能只靠鏡花水月式的流水快板帶過。一個現實、寂寞、壓抑、冷酷又瘋狂的女人不是一天造成的。二十幾歲的張愛玲又豈知，有一天自己的現實性格也會發展到極致？

我無法因為讀過張愛玲的幾本小說，也模仿過張腔就自以為能對作者做出精神分析與推理。對於那些她從沒有寫出來、或者寫不出來的部分，其實我有更強的好奇。

張愛玲筆下寫得極好的孤女情結，在她日後的創作中也被一層層蒙上了遮羞布。比如說，她跟美國夫婿賴雅的婚姻。我們如今幾乎只能靠出土的一些書信才能確知，賴雅這個男人真的存在過。

如果對西方戲劇不熟悉，不會曉得賴雅的好友之一，德國劇作家布雷希特是何許重量級人物。班雅明最佩服的思想家之一就是此君。而賴雅能與布雷希特書信往返多年，證明絕非無才俗輩，不知何故，卻被張愛玲澈底消音毀跡。

年輕的她還不懂得掩藏，所以用各種方式都把她的孤女情結帶進了人物中。成名了，年長了，懂得愛惜羽毛了，這時再怎麼寫，都有點像是炒冷飯。最後竟然還要來出一本《對照記》洗白，讓世人看看她的家世並沒有早年散文自白中的那麼沉毒腐惡。不放賴雅的照片就算了，倒多餘的出現了一張與她僅一面之緣的李香蘭？那張合照中，我看見的只有張愛玲長臉長手長腳的無措。

可惜她一直沒有另一種眼光來重新看待三十歲前的自己。張愛玲一輩子都沒能擺脫二十歲前的孤女情結。

與幽靈的狂歡

別人在二十世紀中期以後，都在尋找自己的土地與文化的根，
張愛玲卻在尋找下一個再也不會復活的殖民亂世。

張愛玲在一九九五年出版了《對照記》，從老相簿中挑出珍貴留影再搭配文字，讓張迷們終於有機會得到了某種偷窺癖上的滿足。當然，更讓人感到驚異的，莫過於張愛玲將一九九四年因榮獲「時報文學獎特別成就獎」而拍攝的近照亦收錄於書中，只見一瘦枯老婦手執拍照當日的報紙，頭條新聞斗大黑字寫的是「主席金日成昨猝逝」。

張愛玲自己附上的圖說這樣說道：「在老相簿裡鑽研太久，出來透口氣……手持報紙倒像綁匪寄給肉票家人的照片，證明他當天還活著……」這是幽默還是某種怨毒？令當時不少人感覺驚悚，民國才女如今竟是如此景況！

畢竟，那是隱居多年後的張愛玲第一次公開露臉，對自己的隱私長年維持高度戒護的她，難道是卸下了防備？如此清晰的影容曝光，不怕從此走在加州華人社區，立刻就會被指認出來嗎？

張愛玲過世後，不少人穿鑿附會發表後見之明，認為那張照片實為不祥之兆。是一語成讖？還是才女竟已有知天命的死亡預感？

之後這些年，隨著張的生前手稿也一一出土付梓，大量的張愛玲生前資料終於曝光，這本《對照記》相對的成為一份顯得更加弔詭的檔案。

因為，《對照記》出版的當時，我們並不知道張已有《小團圓》、《雷峰塔》……這些具有高度自傳性質的小說手稿的存在。

原來張愛玲並不是因為晚年閒來無事，瀏覽老照片一時興起，如老奶奶講古般編了這麼本小冊子。事實上，顯然她有幾十年的時間，幾乎都沉浸在那些老照片的回憶中，鉤織著，召喚著，修改著，迷亂著，依戀著，然後把點點滴滴的回憶，全寫進了那幾部不願公開的自傳性小說中。

所以，當我再去重翻《對照記》，突然有了類似不寒而慄的感覺：張愛玲晚年怎麼也走不出過去鬼魅的糾纏。

對於一九六〇年後在美國的人生，她建檔的興趣索然，《對照記》最後匆匆以這幾句話做結：「然而時間加速，越來越快，越來越快，繁弦急管轉入急管哀弦，急景凋年倒已經遙遙在望。一連串的蒙太奇，下接淡出。……但是我希望還有點值得一看的東西寫出來，能與讀者保持聯繫。」

聽到了沒？「能與讀者保持聯繫」。分明是句廣告用語，請讀者拭目以待。一九九五年當時初讀此段，並不知張愛玲的晚景比急管哀弦其實還要更荒涼。

*

也許，我們以另一位女作家觀看回憶的建檔方式做對照，會更凸顯了張愛玲的困境。

我要舉的例子是法國女作家瑪格莉特·莒哈絲。

她在一九八四年出版了讓她東山再起、震驚世界文壇的小說《情人》。根據莒哈絲傳記作者的說法，這本書的前身只是一篇序言，同樣為一本老照片集子而寫。然而不同的是，最後莒哈絲放棄了出版老照片，還是回到了小說。

貫穿全書最重要的一幀影像：那是莒哈絲十五歲半時的面容，帶著男用寬邊帽，梳著兩條辮子的少女，在湄公河的渡輪上。莒哈絲開宗明義在一開頭便已確定了她觀看照片檔案的位置：「有一天，那時我已上了年紀……」然後是藉著一個偶遇的男人之口反映出了她觀看的動機：「對我來說，我覺得你現在比年輕時更美。與你當年的容貌相比，我更愛你現在這張已飽受摧殘的面孔。」

面對老照片中的自己，莒哈絲並不意圖讓讀者將照片中的那個「我」與敘述者的「我」劃上等號。關於觀看與建檔，莒哈絲顯然比張愛玲更清楚也更自覺，這個過程並無法重建出過去的真實。

照片中的事件與場景，充其量只是幽靈的寄宿空間，事後的端詳與描述，對莒哈絲來說，更像是為了要劃分出幽靈與現實之間的疆界。

但是對張愛玲來說，觀看卻是為了召喚幽靈，讓幽靈們列隊迎接她的再度出場。她總是被照片吸了進去，照片中是甚麼年份，她就回到當時的眼光，企圖建立她在場見證的正當性。

反觀，莒哈絲將記憶檔案化，真正用意在於疏離，暗示著記憶仍有其他的可能性，可以隨時改變建檔系統而產生不同的敘事。

在張愛玲那幾本生前未出版的小說中，家族秘辛式的情節，其暗黑糾結之程度不亞於她早期的〈金鎖記〉。但，我並不想以哪本才更貼近張愛玲的真實人生做為討論重點，說到底處，這些都是她的「創作」。

照片若是視為一種「檔案」，如何被張愛玲用來保存、切割，或修改記憶？同時，為什麼在數部自傳性小說完成之後，張愛玲的「復出準備」竟是一本略帶自嘲與感傷的照片檔案？以及在「建檔」過程中的某些隱藏與錯置，又是如何被（作者與讀者齊力）合理化的呢？以老照片做為面對世界的新姿勢，難道是因為已無法分辨，哪些是出自她的「創作」？哪些是她活過的「人生」？

那些有心或無意的隱藏與錯置，最後築成了自己都走不出的迷宮。《對照記》究竟是藉小說療癒之後的成果發表？還是被虛構擊潰後的遺言？

＊

莒哈絲與張愛玲，兩人的年代與背景相似，後來的寫作也都與早年的殖民地記憶不可分割。前者出生於一九一四年，後者出生於一九二〇年。莒哈絲於一九九六年病逝於巴黎，晚了張愛玲不過幾個月。

同樣走過二十世紀那段亂世，都是在殖民地度過青春荳蔻。對莒哈絲來說，那是帝國主義的尾聲，她在越南成長，享受著法國殖民者最後的優越，也承受著隨著末日衰敗而來的恥辱。而張從小也在滿清遺老的官宦世家中，早熟地體會到類似的矛盾。

然而，張愛玲的成名卻得之於英國殖民地香港所給她的教育，以及上海租界地在戰爭時期，迥然不同於其他淪陷區所提供的昇平。作家木心就曾如此寫道：「就是這個張愛玲真會穿了前清的緞襖，三滾七鑲盤花紐攀，大袖翩翩地走在華燈初上的霞飛路上，買東西，吃點心，見者無不譁然，可樂壞了小報記者。」

沒錯，在《對照記》中，張愛玲對於自己的穿著，母親與姑姑的時尚，甚至祖父母那一代的衣飾品味，都目不轉睛地欣賞再三，與其說戀物，不如說已接近戀屍的地步。

張愛玲為自己的家族照片建檔的同時，亦流露出她對將自己身體置換進那些古物衣裝的怪異迷戀，果然在照相簿中我們也發現了那一張她曾喜不自勝地穿上清裝行頭的拍照留影。藉著建檔，她終於能又重返了那個華洋雜處的民初。

木心甚至還這麼分析張愛玲：「她是亂世的佳人，世不亂了，人也不佳了——世一直是亂的，只不過她獨鍾她那時候的那種亂，例如孤島的上海。」那種亂，說穿了，就是殖民地的亂。

張愛玲小說中的「殖民帝國注視」其實一直都存在，但是卻都被評論者輕輕放過。就連她喜歡炎櫻，大抵也透露著因為炎櫻的混血身世對她的吸引，某種愛烏及屋。

隨著殖民地在二戰後的瓦解消失，張愛玲的漂泊於焉開始。

*

別人在二十世紀中期以後，都在尋找自己的土地與文化的根，張愛玲卻在尋找下一個再也不會復活的殖民亂世。就這樣，她的後半生一直處在錯置的尷尬中。

幾年的英式教育與上海租界的成名體驗，讓張愛玲對於外在大環境的思潮驟變全然無感，張愛玲為何不能像同輩的莒哈絲也躋身世界文壇，卻對華文世界一直有著不墜的魅力誘惑，我以為，這正說明了殖民主義的幽靈從未真正地離開過兩岸三地。

離開香港，張愛玲前往美國發展碰壁。

帝國主義垮臺了，遺老納妾抽大煙的古老中國，在美國人眼中只是病態怪異，喚不起任何殖民地色彩的鄉愁，蘇絲黃與中國城才是美國佬與華人的第一次接觸。因為還是冷戰時期，反共小說可能還有一點賣相，但那不是張愛玲之所長。

美國有自己創造出的一套東方主義，不是根據歷史的軌跡，而是反映著現實的國際政治與資本主義市場。「黃禍」更是美國人對中國人最終極的印象，因而創造出了傅滿洲、龍太后等等不倫不類的中國角色。張愛玲古靈精怪的東方情趣被美國澈底輾碎了。

下嫁過氣年邁的好萊塢編劇賴雅，兩人經濟拮据，張愛玲抱著翻譯《海上花》的申請案四處擔任短期駐校作家，這段婚姻不僅從未見於文字敘述，甚至在《對照記》中也沒有賴雅的身影，那怕是驚鴻一瞥也好。

不，有些檔案要重建，有些則是要澈底毀屍滅跡。

在淪陷區寫下「成名要趁早」名句的張愛玲，絕對沒想到過有朝一日，當她真正走進西方世界，結果會是一段如此不堪與需要隱藏的記憶。

著實難以想像，當年「樂壞了小報記者」的張愛玲，能在隱隱藏藏下度過了後半生。《對照記》某種程度上來說，也呈現了這種孤絕的焦慮。

最後一張公開照，手持「主席金日成昨猝逝」頭條新聞的報紙，她預告的或許不是自己的死亡，而是她的建檔（刪檔？）已完成，也是她需要最後一次再被觀看的提醒。

巨星與一般作家有何不同？大家偶爾會讀作家的作品，
但是從來不必讀巨星的作品……

孤獨而浪漫的水仙倒影

時間是一九〇七年。

愛麗絲．托克拉斯（Alice Toklas）在這一年的九月抵達巴黎，在抵達的次日便遇見了同樣是從美國去的葛楚．史坦（Gertrude Stein）。這兩個猶太女人從此展開了長達近四十年的伴侶關係，直到葛楚．史坦一九四六年過世為止。

愛麗絲說：「在我一生之中只遇過三次天才……葛楚．史坦、畢卡索，和懷海德。」但是，且慢！這真的是愛麗絲的意見嗎？

這句話出自於一九三四年出版、英文原名《愛麗絲．托克拉斯自傳》的開場，但是寫作這本書的真正作者不是別人，正是葛楚．史坦。

也就是說，這是一本「偽自傳」。是葛楚．史坦寫下了宣告自己是天才的名句。

然而，將近一百年過去了，這本書至今依然為後人津津樂道，並不因為葛楚才是真正的執筆人而減損了閱讀它的趣味。研究藝術史的人讀它，關心二十世紀美國文學的人讀它，甚至對文學藝術皆涉獵不深，只為了感染一下二十世紀初的巴黎風情這個理由讀它的也大有人在。

正因為葛楚與愛麗絲位於巴黎花街二十七號的寓所，當年正是二十世紀初菁英薈萃的中心，「花街二十七號」如今幾乎已成為現代主義搖籃的代名詞。

當然，能讓這些大藝術家，從畢卡索到馬諦斯，從海明威到舍伍・安德森……趨之若鶩的磁場中心，葛楚・史坦再清楚不過，就是她自己。

從某方面來說，這是一本非常八卦的書，將這些名人的習性好惡，彼此之間親疏相惜（或相輕）寫得鉅細靡遺。

例如，當年那個從西班牙剛到巴黎打天下的畢卡索，如何被葛楚賞識並率先開始收藏（或炒作）他的作品。恃才傲物的大師曾經也如同小徒弟一般跟在葛楚身邊，任何人對這樣的故事一定都不想錯過吧？

還有尚未留起大鬍子，彼時還是一個眉清目秀男生的海明威，像跑腿小弟一樣為葛楚打謄文稿的軼事，大概除了葛楚本人之外，誰也不敢寫出來吧？

然而，這不是葛楚的自傳。假託同性伴侶愛麗絲之名，在看似知無不言的娓娓道來中，這本回憶錄其實更吊詭地，凸顯的是那些沒有說出來的部分。

葛楚·史坦是一個謎，是一個傳奇，是一個偶像。她是藝術商，是沙龍女主人，是現代主義教母。她是先知，是思想家，是評論家。

但是，她究竟如何認定自己的呢？

*

這本偽回憶錄進入正題的第一段提到，一九〇七年葛楚・史坦自費出版的《三個女人的一生》（*Three Lives*）剛印刷完成，「她正專心致力於撰寫《美國人的形成》（*The Making of Americans*），一本千頁的作品」，之後，《三個女人的一生》與《美國人的形成》這兩本書名會一再的藉由插敘、倒敘反覆在回憶錄中出現，頗似我們現在說的置入性行銷。

事實的情況是，在葛楚動筆偽回憶錄的時刻，這兩本書早就被人遺忘。但是葛楚念茲在茲，一提再提。前者自費出版，後者的完整版要等到一九六六年她死後才終於問世。即使如此，真正讀過這兩本書的人少之又少，知名度遠不如這本《愛麗絲・托克拉斯自傳》。

儘管，花街二十七號在當時的巴黎，早已是所有藝術家與作家必到的朝聖之地，葛楚・史坦卻一直要等到這本偽自傳的出版，才第一次讓她在祖國享受到了成名的滋味。

這與賓客鼎盛的當年，已相隔了二十多年，不論是海明威還是畢卡索，也早已是名滿天下了。結果，是這本看似遊戲之作的小書，讓葛楚終於有了屬於自己的「作品」，而且還成為了暢銷書。

一種說法是，葛楚如同炒紅了當年許多還沒沒無聞的畫家一般，再一次成功地瞄準市場，成功地用偽自傳的包裝，炒紅了自己。

在這本書一炮而紅後，她與愛麗絲也終於在離鄉三十年後，以凱旋之姿回到美國四處演講。

但是偽自傳的概念，真的只是一種噱頭嗎？相隔一百年後，我們重新想像這樣一位奇女子時，她真如我們所以為的、或書中所言的那樣瀟灑奔放嗎？

在當年的巴黎，同樣出名的另一對女同志伴侶，就是知名的「莎士比亞書店」創辦人絲薇亞・畢奇（Sylvia Beach）與情人艾狄瑞恩・夢妮爾（Adrienne Monnier）。

同樣地，她們的沙龍也頗受歡迎，且畢奇另一個偉大貢獻就是在法國為喬哀斯出版了同樣四處被退稿的《尤里西斯》（*Ulysses*）。如果說，畢卡索的伯樂是葛楚．史坦，那麼絲薇亞．畢奇的慧眼也不容小覷。

但是據其它的資料記載，在畢奇的沙龍中，男客女客都同座高談闊論，但在葛楚的花街二十七號，能夠跟男客們平起平坐的只有葛楚本人。畫家與作家的女伴或妻子們，都由愛麗絲帶到一旁不打擾。

如果不用狹義的性別平等眼光來詬病，葛楚這樣的行為確實顯示了她旺盛的企圖心，絕非只甘於成為一個成功的沙龍女主人而已。《三個女人的一生》與《美國人的形成》，她嘔心泣血的這兩部作品，前者自費印了五百本，後者還多虧海明威拉線才發表了部分章節，當時被拒理由多是葛楚作品晦澀難讀——但是《尤里西斯》又豈是易讀的？

一心不讓鬚眉的葛楚，努力希望自己在文學上闖出名堂，如同繪畫上出現了立體主義，她也似乎致力於開創文學上的立體派，但是最後都顯得徒勞了。難道是因為葛楚再怎麼激進前衛，仍是被打入了次等性別？

還是說，她應該努力地繼續創作，而不是糾結於前兩部作品，甚至把時間都花在如何經營自己名聲這檔子事上？

類似這樣的例子並不少見。隨著張愛玲與宋淇夫婦的書信全部公開，我想許多人都跟我一樣嚇壞了。張愛玲汲汲營營、抬高身價的種種算計，與之前大家對民國才女的印象多麼兩極。

重點是，她若能在《秧歌》之後還能有同等級大作問世，這些都可以被原諒——不料，她後半生就只是把《金鎖記》翻來覆去改寫，把家裡的那點事晒了又晒。

*

美國重量級女作家辛西亞・奧茲克（Cynthia Ozick）日後也語帶揶揄地評論過「葛楚現象」：「巨星與一般作家有何不同？大家偶爾會讀作家的作品，但是從來不必讀巨星的作品……葛楚究竟是哲學家還是江湖術士，我們至今仍難判定。」

就像愛麗絲・托克拉斯，除了是葛楚・史坦的同性伴侶之外，她究竟何許人也，我們透過這本偽自傳能得知的也仍十分有限。葛楚的豐富藝術收藏雖然都在遺囑中留給了愛麗絲，但是因為沒有法定婚姻關係，最後全被葛楚家屬打官司奪回。

關於葛楚的爭議似乎一直沒有停過，近年來許多藝術史學者質疑，何以在二戰期間，兩個猶太女人竟能逃過大屠殺，還帶著大批藝術品在法國鄉間安然無事？若非是納粹同夥豈還有其它解釋？……

> 我是個相當出色的管家，相當優秀的園丁，相當靈巧的裁縫，相當能

幹的祕書，相當傑出的編輯，相當厲害的獸醫，而且我得兼顧這所有的事，我覺得很難再增加一項「相當卓越的作家」。

在偽自傳結尾出現的這一段文字，究竟算不算是葛楚對愛人的讚美？「相當卓越的作家」這個頭銜，或許是葛楚一生未竟之痛；做為葛楚的另一半，托克拉斯也只能無怨無悔地扮演著葛楚永遠的粉絲，甘願低到了土裡去。畢竟，花街二十七號只能容得下一位「相當卓越的作家」。

在葛楚死後，托克拉斯晚景頗淒涼，得靠著好友的接濟度日。直到一九五四年，七十七歲高齡的她終於出版了真正屬於自己的作品，《托克拉斯食譜》。果然符合葛楚在偽自傳中早幫她設計好的那個家管角色。

我時常在想，如果愛麗絲．托克拉斯從未遇見過葛楚．史坦，她會擁有怎樣的人生？

早早就已經出版了自己的作品？還是成了一個只能以懷才不遇為藉口、永遠在附庸風雅的流浪者？大概只有葛楚才會知道真正的答案。

就在「葛楚／愛麗絲」二者若即若離、一體兩面的縫隙中，每個對藝術創作雄心勃勃的靈魂，最後一定都在這段奇妙的相依中窺見了，自己最孤獨也最浪漫的水仙倒影。

尋找下一個蓋茲比

她其實一直跟你的寫作在競爭，她覺得你真正的情人是創作，所以千方百計想要去贏過這個小三……

史考特・費滋傑羅（Scott Fitzgerald）的一生曲折起伏，並不輸給他自己小說中的人物。

父親是一個普通公司的小職員，母親家裡開雜貨店，家境還算過得去。可是費茲傑羅很早就知道自己有寫作的才華，後來拿到獎學金，進入了有錢人才念得起的普林斯頓大學。

像當時很多年輕人一樣，覺得自己的才華需要有買家，他能用來換錢的就是文筆。畢業後來到了紐約謀職，薪水一個月僅九十塊錢，可是憑著他搖筆桿（應該說坐在打字機前）的天分，當時成為所有雜誌稿酬最高的短篇小說作者。從一開始只是一個小文案，到收入最高峰的時候，一年可賺到一萬八千多元的稿費。第一本書上市就賣了四萬本，叫做《塵世樂園》（*The Other Side of Paradise*）。

費滋傑羅了解要一直維持暢銷，維持高版稅，維持收入，當然得要迎合特定的一些族群或者雜誌的需求。他其實一直心知肚明，他在浪費他的才華。當時雖然非常走紅，書賣得非常好，但他知道在別人眼中，他就是一個寫通俗流行愛情故事的作家。可是他內心知道，他的能力絕不僅如此而已。

他發跡得比海明威早，海明威沒成名前還很巴結他，自稱小弟弟跟在他旁邊，大哥長大哥短的。若不是費滋傑羅把海明威介紹給自己的編輯，海明威不知何時才能得到出版機會。海明威紅了之後，就開始看不起費滋傑羅，背後叫他「那個娘娘腔」。

我相信費滋傑羅是個好人，只是他在那個年代中迷失了。其實海明威也很懂拍賣包裝那一套，他找到了自己的市場。某種程度來講，這些藝術家的成與敗，有時候真的不是完全說它的文章到底有多好，而是在那個對的時間推出某個對的作品，對了大家的胃口，或者對上了時代的議題等等的條件。

對費滋傑羅來講，某種程度他是成功了，他對上了當時的口味，記錄了爵士年代，捕捉了那種風華，他是那種時髦與現代感的最佳代言。

有了這樣子的名望，讓他有機會結識了某州大法官的女兒。賽兒妲（Zelda）這位稱得上名門的大家閨秀，讓他一見傾心。

就是要追到手，彷彿這樣才能真正完成美國夢中的躍登上流。不料，終於娶到賽兒妲之後，嬌妻開始變成費滋傑羅一個很頭痛的問題。賽兒妲嬌生慣養、愛慕虛榮，完全不懂得藝術，於是費滋傑羅必須一直寫小說，一直為了錢在煩惱，為了錢而寫作，為了愛情被折磨。

心裡不是沒有掙扎，也知道自己的才華不該再虛擲，這樣的文章要寫到何時？同時也知道這個女人，他無法抓得住留得下，賽兒妲根本跟他不是同一個世界的人。

關於兩人間的愛恨說法很多，有人會覺得他們真的相愛，彼此不離不棄；但海明威的看法就不是如此，他曾勸費茲傑羅趕快離開賽兒妲，認為賽兒妲就是禍水，最後會害死他。

*

後來賽兒妲得了精神分裂，然後夫妻就一起開始酗酒，綁在一塊兒沉淪。所以海明威說得沒錯，費滋傑羅的一生最大的不幸就是這段婚姻。

可是他到底沒有拋下賽兒妲，是愛？還是某一種執念？年輕時一心往高處爬，覺得娶到了公主，捧在他的手掌心，甚至中間她跟別的男人跑掉過，他都包容了。有批評家認為，紅杏出牆的妻子，儼然就是後來《大亨小傳》女主角的部分原型。

海明威又說了：「兄弟，你都沒有發現嗎？賽兒姐這個女人很壞心，她其實一直跟你的寫作在競爭，她覺得你真正的情人是創作，所以千方百計想要去贏過這個小三，所以總是拖著你吃喝玩樂，她的目的，就是要毀掉你的文學！」

有人認為海明威本性是憎恨女人的，他尤其恨費滋傑羅的老婆入骨。有一個傳言，賽兒姐曾經質問過海明威：你跟我老公是不是在搞同性戀啊？

費滋傑羅跟海明威年輕時候真的很要好是事實，海明威自己都寫過，他們好到曾經比較過彼此性器官的尺寸。

所以說，對費茲傑羅造成打擊的，難道只有賽兒姐？海明威從不覺得自己背叛了好友，也可能造成過費茲傑羅的某些創傷？

決心一定要寫出一本書，讓人家見識到他絕非只是個寫暢銷愛情小說的流行作家而已，因此他完成了《大亨小傳》（或直譯《偉大的蓋茲比》）。

這本用心力作出版後評價並不高，一開始真的沒有太多人看重這本書，他本來滿懷希望，這本書能夠幫他紓困，結果，他以為可以賣到十萬本，卻只賣了兩萬本，連他的第一本書銷售的一半都不到。

如果這本《大亨小傳》受到好評，洛陽紙貴的話，也許他就會翻身活得久一點。可惜四十四歲人就死了。

然後更慘的是，一年後這本書就斷版了，一斷版就很多年，一直到五〇年代重新出版，他才終於再翻紅回來。

可惜他都看不到了。在他有生之年，費滋傑羅眼睜睜看著自己被埋葬，之後他就整個崩潰了，賽兒妲也被送進了療養院。

哪裡想得到，文壇對《大亨小傳》的評價竟然在書出版了八、九十年後，一直不斷的在上升當中。

尤其是在二〇〇〇年，著名的蘭登書屋出版公司，舉辦了一個百年英文小說評選，由當時的一些作家與文學教授投票，《大亨小傳》在一百本小說高居第二，僅次於《尤里西斯》這部天書。反觀，曾經很風光還拿到諾貝爾獎的海明威，幾部作品已經掉到五十名外去了。

*

回到原來的書名，The Great Gatsby，《偉大的蓋茲比》，重點就是「偉大」這兩個字。蓋茲比他偉大在哪裡？到底這是一個反諷呢？還是說，費茲傑羅似乎在為自己叫屈？

有關追求財富這件事情，他非常了解。為什麼嚮往，又為什麼追求，或者接下來財富帶來的改變，對人又產生什麼樣的影響，我以為，費茲傑羅的小說一直都在處理這個「看似庸俗」的題材。

也許蓋茲比就是他自己，陷在外人不解的矛盾中，極度浪漫，也極度現實。

然而，蓋茲比做不到的，費茲傑羅做到了，他一直知道他可以寫出一部令人刮目相看的傳世之作，但這部傳世之作最後也成為了他的天鵝之歌。《大亨小傳》，或說《偉大的蓋茲比》，跟作家的生命之間產生了奇妙的共振，或許這也是讓這部小說讀來特別讓人欷噓的原因之一。

有的時候一個作品的重要性，可能在當代因為距離太近看不出來，時空拉遠後，我們才驚覺費茲傑羅忠於自我的創作勇氣，是他的同代作家所遠遠不及的。

在他那個年代，所謂的「嚴肅作家」都是在寫偏向社會主義左派的東西、寫貧苦寫勞動，比如說《憤怒的葡萄》（*The Grapes of Wrath*）。那才是當時的「嚴肅文學」，寫富人的生活顯然政治不正確。

結果竟然那個時代的奢靡浮誇，都沒有在其它美國小說中被記錄下來。在美國文學史上，這一塊幾乎是完全缺席的，所以《大亨小傳》的評價會隨著時間愈來愈高的原因也就在此。

表面上只是講有錢人吃喝玩樂的小說，可是事實上並非如此。他提出了一個嚴肅的問題：美國人一向自豪的「偉大」，究竟是一種什麼樣的意識形態？在追求所謂的卓越偉大的同時，代價又是什麼？

他這麼認真的在看待那個花天酒地的美國，用現代的話來說，他已經知道一件事情，那就是「有錢人想的跟你不一樣」。有錢就要有名，有名就要有權，有權就要玩法，玩法之後就要控制政治，控制政治之後就要派系廝殺，最後形成一個堅不可破的權力、價值、道德系統。

一個藝術家最難得的，就是堅持去揭露彼時眾人都忽視的真相。或許，現代的老百姓們早已經看穿，法律最後都是站在財富那一邊，但對上個世紀的美國人而言，美國夢的純真與偉大仍是不會、也不允許被質疑的信條，但是卻被費茲傑羅先知般地撼動了。

*

主人翁蓋茲比是自己的奴隸，最後毀在自己錯誤的夢想裡，可是他的夢想其實是一個意識形態的產品。為什麼他可以改頭換面，矇騙了這麼多人，讓人家真的相信他是出自於中西部的豪門？

一路這樣的闖關，果真就讓他混到所謂的上流社會，因為蓋茲比也在迎合、滿足了所有人的夢想，每個週末舉辦的盛大派對，是他為大家，為那個時代所製造的巨大泡沫。

泡沫終於裂破，但是真正毀掉他的並非財富。

我們發現，竟然這個在社會上打滾多年，什麼非法生意都敢做的蓋茲比，他最大的弱點反而是因為，他的內心還保有著年少的浪漫，一心想要與初戀情人黛西復合。如果他根本就是不折不扣的奸商，反而可以活得很好；他的悲劇在於，他仍在為了某種夢想而活。

這樣子的純真，更讓人覺得他是一個不可解的謎。純真可以作假，假貨也可以橫行的年代，他的純真顯得弔詭，反倒引來了殺身之禍，最後落得惡棍臭名。在他過世之後，所有當初吃他的、喝他的，夜夜笙歌的那些朋友，沒有一個出席他的葬禮。

偉大的蓋茲比，原來的這個標題頗具深意。因為同樣的弔詭，同樣的「偉人」，永遠在不同的時代，會一直以不同的面貌繼續出現。

我們甚至也可以用這個角度來看待賈伯斯。他到底是一個勢利的自大狂？抑或他仍還有童真，是個想要去改變世界的追夢人？那麼，究竟我們該如何分辨理想與瘋狂？純真與自欺欺人？

從費茲傑羅的爵士年代，如今美國已經進入了後川普的年代。一個曾經聲名狼藉的地產暴發戶搖身一變，在二〇一六年成為了世界超級富國的領導人。只能說，不僅有錢人想的跟你不一樣，眾生們看待有錢人的方式，也往往跟你想的不一樣。

再重讀《大亨小傳》，我們也幾乎可以說，它不僅僅是一本關於爵士年代的小說，它更像是一部神話，關於美國人「尋找下一個偉大蓋茲比」的永恆歷史輪迴。

The Destined Life

郭強生

III 命運的想像

命運的想像

在這些充滿巨大情感力度的小說中，
他揭露了隱藏在我們自以為是的安身立命之道背後，那個無底深淵。

在分享對石黑一雄作品的看法之前，我得先誇獎一下諾貝爾委員會所寫的得獎理由。

這次的執筆人或許是近年來最具文學修養，表達力也最清晰的。二〇一三年加拿大小說家孟若（Alice Munro）得獎時，理由只有一句話：「當代短篇小說大師」，不用多說，倒也更顯示出孟若無人能及的地位，情有可原。

但是也有一些官樣文章的例子，如二〇一〇年秘魯小說家尤薩（Mario Vargas Llosa）獲獎，諾貝爾委員讚揚他「對權力的結構以地圖描繪法的呈現以及將個人的抵抗、反叛與挫折化為令人椎心刺骨的意象」，顯得過於咬文嚼字卻了無新意。對二〇一四年得主法國小說家莫迪安諾（Patrick Modiano）的評語則是，「以一種記憶的藝術召喚出最不可掌握的人類命運以及法國被德軍占領時期的生活樣貌」，有點前言不搭後語之感。二〇〇〇年莫言得獎評語更像是草草了事：「以一種幻象式的寫實主義結合了鄉野傳說，歷史與當代」。然後呢？甚至讓人感覺不出讚揚之意。

反之，這回對石黑一雄的寫作成就描述，就少了那些陳腔舊調，沒有動不動就扯上記憶、身分、歷史、權力……那些制式名詞。光有這些主題就一定是一本好小說的保證嗎？對於石黑一雄的作品，這次讚詞執筆人的用字非常簡潔精確，但含義卻如詩般豐富——

在這些充滿巨大情感力度的小說中，他揭露了隱藏在我們自以為是的安身立命之道背後，那個無底深淵。

（……in novels of great emotional force,〔he〕has uncovered the abyss beneath our illusory sense of connection with the world）

身而為「人」，就會想要擁有一些在世間安身立命的條件，不管是財富名聲還是尊嚴感情。執筆人特別用了「我們」這兩個字，提醒了往往每個人所追求的，都是在一種無法自知的催眠之下，最後非但沒有讓我們更認清生命的價值，反而陷入了進退失據，只能繼續自欺欺人。

「記憶」、「身分」、「歷史」，說穿了也都是我們「自以為是」的一種對世界的表述，以為藉著這些定義，我們對自我的存在有了可以檢視的標準。這次諾貝爾授獎詞無疑把石黑一雄作品推到了另一個高度，認為小說家識破了這些主題也不過是一種表象幻影。

雖然我並不認為，石黑一雄的每部作品都達到了這樣的高度，但光就《長日將盡》（*The Remains of the Day*）與《別讓我走》（*Never Let Me Go*）這兩部小說而論，確實將這樣的觀點發揮到淋漓盡致。其「巨大的情感力度」，在近三十年一片後現代後殖民聲中，尤其顯得出眾。

*

五歲隨家人從日本長崎移居英國，三十年後才第一次重新踏上他的出生地，石黑一雄在初試啼聲時卻以日本為背景寫下了《群山淡景》（*A Pale View of Hills*）一書。他在訪問中曾如此表達過他成長過程中的焦慮：「我一直擔心，不知道什麼時候我又得回去日本生活，所以我總是在兩個文化之間惶惶不安。」

也許正是他這樣的特殊背景——沒有在日本成長的經驗卻被貼上跨文化標籤，明明英文是母語卻得虛構出各種異族的聲腔——難怪安身立命對他而言，從不像一般人以為的順理成章。他總是在觀察著，模擬著，到頭來卻讓他更認知到，不論是主流或邊緣，身在故鄉還是異鄉，多數人都逃不出被分派好的角色。

這反而成為他小說創作的動力，讓他能夠反覆地檢視，個體能否（或如何能夠）看透，不論是個人的回憶還是族群的歷史，總有著那些被自欺所掩蓋住的、無法自圓其說的空洞。

石黑一雄的作品產量，與其他諾貝爾文學獎得主相較，確實顯少了些，至今不過八部長篇加一部短篇小說集。但是幾乎他的每一部小說都贏得了極大的迴響，在歷年來的諾貝爾文學獎得獎作家群中，像他這樣能夠風評與銷售俱佳的小說家屈指可數。而且不像帕慕克或馬奎斯，在他們得獎前也都只是在本國洛陽紙貴，石黑一雄挾英語優勢，一起手就是國際級的暢銷書，尤其《長日將盡》一舉拿下布克獎（後更名為曼布克獎），還因改編成賣座電影，奧斯卡風光多項入圍，在上世紀末的多元文化主義推波助瀾下，石黑一雄很快便躋身了英語文學的名家之列。

好在石黑懂得愛惜羽毛，沒有讓成名衝昏了頭，甚至在光環正盛之際推出了實驗性極強的《無可撫慰》（*Unconsoled*），全書長達五百頁，沒有明顯的故事情節，除了一位鋼琴演奏家發生在三天裡的思緒流轉，這樣的結構頗有向《尤里西斯》看齊之意。

接下來的兩本小說《我輩孤雛》（*When We Were Orphans*）與《別讓我走》也讓讀者看到石黑一雄的另一個強項，那就是他非常擅長挪用一般觀念中認為的「類型小說」，經過重新翻轉後，這些「類型」反成為他引領讀者反思的途徑。

當年的《長日將盡》讓人不免聯想到英國古典小說中的豪門宴飲，而書中更安排主人翁就是一位羅曼史小說的讀者。這樣的聯想無寧增強了主題的強度，指涉了帝國主義的今與昔，可謂挪用得非常巧妙。

《我輩孤雛》的情節框架則是典型的偵探小說，背景設於上海的一場尋人辦案，撲朔迷離的線索底下是東西方的一次觀點交鋒。雖然有評論者認為石黑的文字過於平鋪直敘，對時代氛圍與地理文化缺乏掌握，此作仍讓他入圍了曼布克文學獎。

但在接下來的《別讓我走》中，石黑那種不帶太多情緒的敘述方式，卻成為這本小說最動人的元素。第一人稱的敘述者，回憶著在一所英國城堡式寄宿學校裡的點滴往事，但不知怎麼地，那種語氣就是有點奇怪，直到讀者們驚訝發現，這是一個生化複製人的回憶，故事才要開始對焦，卻又吊詭地透露出敘述者「生命」的失焦。

看似一個科幻類型的改寫，但是與之前常見的反烏托邦小說大異其趣，意想不到的情節轉折下，作者對這場徒勞的生存遊戲所賦予的悲憫與同情，讓我們看到了石黑一雄小說藝術又一次的突破。

*

那麼，石黑一雄又是如何利用「類型小說」元素來引導讀者反思的呢？

如果有所謂的「類型」，正是因為這些小說內建了一些規則，與讀者形成了一種閱讀契約，讀者不自覺會期待那些熟悉的起承轉合。而這樣對類型的期待，到了以石黑一雄的筆下，產生了一種寓言式的暗喻：真實的人生中，我們不都也依賴著這樣的「契約式期待」而活下去嗎？一旦拿掉了這種對於命運的幻覺，剩下的豈不正是如深淵般無盡的虛空？

以《長日將盡》為例，書中主人翁是一名終生都在服侍貴族老爺的總管史帝文斯，他甚至藉由閱讀羅曼史小說，讓自己的角色更符合那個雲影鬢香的世界。

然而，隨著小說的進行，讀者發現那個上流生活圈竟是歐洲納粹的溫床，但史帝文斯卻刻意忽略此一事實，始終以自己專業的尊嚴為傲，永遠無法跨出那個偽羅曼史的人生。為了能成功扮演好這樣的「角色」，他壓抑了情感欲望，只能繼續對自己說謊。

「無論結果如何，奉獻本身就足以讓人感到自豪與滿意的了。」史帝文斯最後如此安慰自己。但是做為讀者的我們，卻開始為作家所提出的各種道德上的曖昧模糊，陷入長嘆思索。

《長日將盡》故事的結尾年代，正是《別讓我走》故事的起點。《別讓我走》某種程度來說，是《長日將盡》的延伸，或者說，一種複寫。

一開始，讀者進入了典型英國寄宿學校生活，不食人間煙火般的少男少女，過著恍如童話故事般的人生。但作家接下來就要開始顛覆這樣的「類型」，主人翁凱西、茹絲與湯米並不是真正的王子公主，他們甚至不是真正的人類，而是基因複製技術的產品。

石黑一雄很大膽地將故事設定在此項科技尚未發明（或公開？）的一九六〇年代，顛覆了我們對科幻類型的既定印象。如果說，書中角色對自己的命運渾然無知，我們這些人類是否也可能活在被限定的知識經驗中？誰能真正確定，那些我們沒聽說的事情可能早已暗中發生？

這些生化複製人沉默服從著他們唯一的命運——接受器官摘除，提供給有錢人移植，直到他們物盡其用而亡。他們跟《長日將盡》中的老總管一樣，對自己被剝削的命運無法、亦無能反抗。更可悲的是，他們不能理解真正人類的社會，然而卻總自以為是地揣摩人類行徑並強作解人。

在他們當中甚至開始流傳出一種說法，讓自己在世的「人」生變得有意義（我暫且就不爆雷了），直到凱西與湯米心碎地發現，一切說法原來都只是他們一廂情願的徒勞。

「科幻」並不是還未發生的未來；今日的一切，從來都是昨日的科技制度資本聯手所一手製造。

石黑一雄似乎在提醒我們，與複製人的命運相較，人類所享有的自由並未勝出多少，多少人一輩子也逃不出那一紙無形的契約，甚至還成為鞏固契約繼續進行剝削的幫凶。

*

彷彿像是歷史重演，當年《長日將盡》大獲成功後，石黑推出了毀譽參半的實驗之作《無可撫慰》；《別讓我走》火紅後沉潛十年才又推出新的長篇小說《被埋葬的記憶》（*The Buried Giant*），再度是一部引發爭論的作品。

這回，他嘗試翻轉的是「幻奇」（fantasy）這個類型，愛之者認為這是石黑一雄的又一次突破，恨之者謂之暴露了石黑一雄所有的短處。

英國神話中的屠龍英雄傳，被石黑一雄改寫成了一則指涉現狀的政治寓言：如果有一隻火龍能噴出讓人失憶的魔煙，讓兩個民族從此忘記百年仇恨，和樂共存，那麼究竟要選擇失去身分？還是繼續殺戮？

《長日將盡》與《別讓我走》中的第一人稱敘述者，在這兩作中不露情緒的語法風格，因角色的特殊性得到合理化的效果。但採全知觀點的《被埋葬的記憶》，故事設定在第五世紀亞瑟王朝，即使書中有食人魔與噴火龍這些怪物，但是英國人對圓桌武士的神話無不熟悉，石黑的筆法似乎無法召喚出更新的活力。以大量對白交代故事的方式，就像是在讀影集《冰與火之歌》的字幕而看不見任何特效。

他本人受訪時竟然反問：「你們看不出，這不僅僅只是一本幻奇小說嗎？」這下他踩到了地雷，連幻奇文學教母俄蘇拉・勒瑰恩（Ursula le Guin）都出來說話了，暗諷這本書連幻奇的水準都還不夠，還侈言「不只是幻奇」？

而我會認為，石黑這回確有失手，原因在於以往他翻轉類型，都能達到呼應現實世界的寓言效果，而《被埋葬的記憶》被他擠進了太多情節，最後核心的主題顯得失焦了。

如果就他所言，他想討論集體社會的遺忘，但這是一個高度政治性的議題，尤其面對英國脫歐，全球種族仇恨四處硝煙，石黑一雄卻沒有足夠信心以古諷今，因此顯得有點避重就輕或綁手綁腳。

不過，贏得了諾貝爾文學獎後的石黑，再也不是那個英語移民文學三傑（與奈波爾、魯西迪同列）或暢銷作家了，也許我們可以期待他更大膽更犀利的下一部作品。

畢竟，一九五四年出生的他還在創作的高峰，這個獎來得正是時候。

「無可撫慰」的石黑一雄

他所有小說中的人物，一言以蔽之，
都是「無可撫慰」的靈魂。

從初入文壇的處女作《群山淡景》開始，石黑一雄幾乎就是一路順遂，廣受好評。一九八九年推出《長日將盡》，立刻成為國際級暢銷小說。布克獎加身後，又因這部作品改編成電影再度受到廣大的歡迎與肯定，石黑一雄的下一部作品出版前備受期待，也是意料中事。

一九九五年，石黑一雄終於再接再勵，推出了長達五百頁的《無可撫慰》，卻引發了十分激烈的兩極化評價。

讚賞者認為此書氣勢恢宏，作者再一次挑戰了全新題材與技法，充滿了藝術的實驗性，顯現小說家更上一層樓的企圖。的確，石黑一雄再次證明了他絕不重覆自己的才華，沒有被盛名所累，亦無創作瓶頸魔咒，更打破了最早貼在他身上的「移民文學」標籤。從上一本小說中對英國貴族生活的詳實細膩，到這本《無可撫慰》以古典音樂及一座未指名的歐洲小城為主題，格局視野確實更寬宏了。

但是這本《無可撫慰》跳脫的不僅是小說家自己的框架，甚至展現了跨出當代小說敘事結構的野心。厚厚五百頁集中在三天的時間裡，只見一位巡迴鋼琴演奏家來到這個古老城市，一直想在演奏會前找時間練琴，卻一再被一些突如其來的人事物打斷。只見他不停地與不同的人見面，但是毫無因果必然或起承轉合，甚至像是鬼打牆般，這些上場的形形色色人物，都彷彿在主角萊德造訪小城之前就已經與他有某種關聯……

是在仿效卡夫卡的《城堡》嗎？還是在向喬哀斯的《尤里西斯》致敬？許多重量級的評論家如詹姆斯．伍德（James Wood）等，對於石黑一雄的「新嘗試」很不給臉，甚至批評它雜亂無章，難以下嚥。

《無可撫慰》確實不是一部易讀的作品。對於《長日將盡》中那種典雅本格的寫實主義風格曾讚不絕口的讀者來說，石黑一雄的一百八十度大轉變會讓人驚對無言，也是可以理解的。

*

但，如果你願意好好細品這本五百多頁的巨書——甚至讀上個兩遍，你或許會豁然開朗。

這本小說在他目前所有作品中占據的位置非常重要，想要瞭解真正的石黑一雄，就不能不讀這本《無可撫慰》。因為，不管是之前的《長日將盡》，或是接下來再度讓世界文壇著迷的《別讓我走》，石黑一雄都讓我們見識到，當今少有比他對記憶與失落思考得更深刻，刻劃得更尖銳的小說家。

他所有小說中的人物，一言以蔽之，都是「無可撫慰」的靈魂。

《無可撫慰》的敘事法幾乎可以說是前所未見的。石黑一雄早在一九九〇年代就嘗試對意識、回憶、夢境做了大膽的描摹。也許就是出現的時間點早了一步，後來的讀者如果看過了《全面啟動》（*Inception*）這部電影，可能會更佩服石黑一雄以文字呈現了相似的概念，那就是，人類意識乃是一層層如迷宮夢境般的交互作用。

當年對這部小說感到摸不著頭緒的評論家，或許沒有想到這個故事裡發生的所有事件，都只是主人翁萊德的意識投射而非真實。石黑一雄筆下的這個城市，也許就是人的意識地圖，裡頭的人物都是符號，更像是音樂家在被催眠的狀態中，他的記憶或想像被轉譯後具體成為虛擬角色，每個角色似乎也都是他自我的一個化身。

那個應該是他親生子的小男孩，還有那個一心想成為知名鋼琴家的旅館門房之子，都可以看作是萊德的記憶投射。而被市民奚落的老提琴家克里斯多夫，以及被寄予厚望卻難以振作、終日潦倒的指揮家布洛斯基，也未嘗不是萊德這位事業正處於不上不下狀態的鋼琴家，內心潛在焦慮的人格化。

之前的作品都已觸及的記憶與身分，在這部《無可撫慰》中不但更被無畏直視，甚至也嘗試用一種超越地域文化的觀點，探問記憶所帶來的遺憾、愧疚、失落這些不可說之重，是否有化解的可能？

最後萊德未能趕上自己的演奏會，卻意外發現曾經嚴厲督促他習琴的父母，可能很久很久以前也曾恩愛地來過這個小城一遊。當然這也可能是另一個主角意識作用下的產物，但也藉此暗示萊德終於放棄了否定與逃避。過往所有曾糾纏過他的那些失望焦慮，以人格化方式一一出現後，他的內心終於尋到了一絲與過往和解的平靜。

＊

另外，在《無可撫慰》中，我們還可以發現另一個石黑一雄長期關注的重點：歷史究竟要帶我們往何處去？被當成集體記憶，它的危機與盲點又是什麼？

書中的小城居民皆對所謂歷史的榮光恆有迷思，總以為只要有出色的藝術家來教化氣質，有朝一日小城必也能與其它歐洲大城看齊。然而，這樣的理想始終未曾實現，百姓們就將不滿發洩在之前寄望的「大師」身上。這難道不是石黑一雄對西方民主經常被當作是萬靈丹、卻落得進退不得的諷刺麼？

成為代罪羔羊的克里斯多夫有這麼一段感慨：「一個像這樣的城鎮，人們的生活早晚要開始出問題。持續的不滿，還有寂寞。而這樣的人們，對音樂幾乎一無所知，他們對自己說，喔，我們一定全弄錯了，讓我們掉頭，改走相反的方向。」

將城鎮改為國家，音樂二字代換成政治、民主、改革……任何一種口號，我們不免要驚訝石黑一雄早在一九九〇年代，似乎就已嗅到了民粹主義將要興起的氣息。

身為一名臺灣的讀者，我甚至無法不聯想到在自己生活的這塊土地上，亦瀰漫著類似的、以為改革進步就是換個指揮、改個節目單的迷思。老百姓總是活在不安不滿的躁動中，「臺灣第一」開始淪為失憶的藉口。

也許是因為石黑一雄當年有意避免作品中有太過明顯的政治立場，也或許是因為身為白人英語世界裡的亞裔少數，《無可撫慰》中的政治隱喻只是點到為止。二〇一五年出版的《被埋葬的記憶》續論了小說家這一條未完的觀察，改寫亞瑟王朝的英國傳統神話，似乎也意在言外，暗批了當前民粹政治操弄記憶的現象。

《無可撫慰》讓我們看到的不僅是小說家求新求變的努力，石黑一雄發出的先行者警告，二十多年後讀來格外撼動人心，顯然這本小說是經得起時代檢驗的。

我愛契訶夫

「為什麼您總是穿黑衣服？」
「這是為我的生活服喪。」

契訶夫（Anton Chekov，一八六〇—一九〇四）的劇作中，我最喜歡的是《海鷗》，其次是《凡尼亞舅舅》。而這兩部作品分別完成於一八九五與一八九六，也就是說，是在與莫斯科藝術劇院的導演史坦尼斯拉夫斯基（Constantine Stanislavski）開始合作之前。

然而，《海鷗》一八九六年在聖彼得堡首演時曾遭觀眾噓聲四起，讓契訶夫心灰意冷，一度揚言不再創作戲劇。後來，因為史坦尼斯拉夫斯基在一八九八年重新導演了《海鷗》，在莫斯科藝術劇院上演大獲成功，甚至被稱為莫斯科藝術劇院有史以來最成功的演出，才又促生了契訶夫與史坦尼斯拉夫斯基接下來的攜手，推出了讓兩人名聲達到顛峰的《三姐妹》與《櫻桃園》……

真正是因為《三姐妹》與《櫻桃園》的劇本更勝過《海鷗》與《凡尼亞舅舅》嗎？我不以為然。

當然我們或許可以說，如果不是因為史坦尼斯拉夫斯基，契訶夫在戲劇上蓋世的才華也許不會重新受到重視，但是這讓很多人因此會誤以為，劇場導演才是真正讓戲劇有了生命的靈魂人物。史坦尼斯拉夫斯基真正了解契訶夫嗎？

當契訶夫說，《櫻桃園》是一齣喜劇時，史坦尼斯拉夫斯基堅持那是一齣悲劇，這個公案至今仍讓許多劇場人爭論不休。做為導演，史坦尼斯拉夫斯基顯然必須尋求一個可以讓他有所發揮表現的劇本素材，好讓他能建立起他招牌的「史式表演訓練法」與「心理式寫實主義」。

然而，契訶夫的《海鷗》不僅不能只以「心理寫實主義」視之，甚至它已直指出半世紀後，後現代主義中解構、互文、去中心的種種特質，絕對遠遠超過它的時代。

導演史坦尼斯拉夫斯基的確算是救了契訶夫的「劇場事業」，但在另一方面，卻讓契訶夫被他標榜的「心理寫實主義」所綁架，契訶夫的「戲劇實驗精神」至今恐怕還有許多人並不了解。

我會更喜歡《海鷗》與《凡尼亞舅舅》的原因也就在此，因為我明顯看出這兩齣尚未受到史式影響前的作品，與之後有所不同。

契訶夫在寫完《海鷗》後，健康急遽惡化，這也或許是他願意繼續與史式合作的原因之一，至少這可以保證他的劇作在有生之年能夠成功登上舞臺。

再者，契訶夫在一九〇一年娶了女演員奧爾佳・卡妮波（Olga Knipper），她於是成為契訶夫作品的當然女主角。為了力捧妻子，《三姐妹》幾乎是為奧爾佳量身打造。妻子因而演藝事業如日中天，但與契訶夫的婚姻不可避免地總是聚少離多。奧爾佳長年在四處演出，為肺結核所苦的契訶夫依然孤獨，一邊養病，一邊努力創作，讓人難免要為契訶夫感到欷噓。

從他與奧爾佳遠距離愛情的通訊中可以看出，他對導演如何詮釋他的作品有諸多的不滿，但契訶夫在藝術上還是做了一點妥協。因為他明白，在他的時代，眾人的水準還是跳不出寫實主義式的理解，在《海鷗》劇本中藉康斯坦丁之口，契訶夫甚至已明白提出批判。

但是大師畢竟就是大師，等到他寫《櫻桃園》時，在導演與觀眾能夠接受的寫實主義「外貌」之下，實際上已在發展他的象徵主義與荒謬主義。劇中人物在日常生活瑣碎的行禮如儀中，各說各話與雞同鴨講的荒謬感呼之欲出，契訶夫謂之「喜劇」絕對有他的道理。

而這些特質，在《海鷗》中已經皆可見端倪。若不脫下「心理寫實主義」的有色眼鏡，是難以窺其精髓的。

*

沒有錄影存檔，我們無法得知史坦尼斯拉夫斯基在一八九八年製作的《海鷗》中，究竟設計了哪些讓觀眾比較能了解劇中「潛臺詞」的手法。「潛臺詞」，它的功能是一種「意在言外」，這對十九世紀末的觀眾來說還是個新鮮事。而史式對「潛臺詞」意在言外的了解，仍建立在比較狹隘的心理分析上。雖說這也是一種詮釋，但是我以為，契訶夫這個劇作最成功的「實驗」，是在於他的潛臺詞已在探索劇場中解構與互文的可能。

此劇中的互文與解構是從人物關係與主題兩方面同時進展的。

幕啟，第一句臺詞是鄉下教員問瑪莎：「為什麼您總是穿黑衣服？」瑪莎回答：「這是為我的生活服喪。」鄉下教員不解，認為她衣食無缺，瑪莎說問題不在錢，然後便冒出一句「戲要開演了。」接下來便是一齣劇中劇登場。

這樣一分鐘不到的開場白，由瑪莎這個配／邊緣角色說出，竟是全劇最重要的線索（潛臺詞）。《海鷗》的情節雖在描述追求藝術與愛情時的兩難，事實上，契訶夫更大的關切是人際關係的崩解、一個符號系統的失靈。

接著劇中劇登場，讓人立刻聯想到《哈姆雷特》。

為了讓名伶母親阿爾卡金娜能對自己刮目相看，年輕藝術家康斯坦丁搭起了一座小舞臺上演他的劇作，女主角當然是他心儀已久的妮娜。果然，母子二人在開演前便交換了兩句《哈姆雷特》中的臺詞，互文之意再明顯不過。然而不同於《哈姆雷特》的是，這齣戲不僅沒有讓母親良心不安，反而是自取其辱。

表面上所有的角色都圍繞著母親，那位驕矜自私又小氣的紅伶母親身上，但是瑪莎、妮娜與阿爾卡金娜卻也是彼此的「互文」。

康斯坦丁的自殺雖是全劇最震撼的結局，但這齣劇可謂是「眾聲喧嘩」，沒有哪一個角色是真正的核心角色，他們彼此牽動，也互相指涉。從這三個女性角色的人生如何扭絞在一起，如何構成臺詞外的另一種文本，我們可以重新探討劇作家已在掙脫所謂寫實主義的企圖，出現邁向類似文本解構的自覺。

這也就是為什麼，這齣戲一開頭便由瑪莎宣告，「戲要開始了！」從解構主義的角度來看，這齣即將開演的「戲」，既是康斯坦丁的失敗作，也是《海鷗》本身，更是三個女人的人生「創作」。

阿爾卡金娜本就是一個活在戲／文本中的人，虛虛實實，常真戲假作，亦愛假戲真作。妮娜是阿爾卡金娜的年輕版，相對於後者的謊言連篇，她過度單純，以為凡被創作出來的東西都有其光芒與價值，一步步走入別人擺布的人生而不自知。

而酗酒又吸毒的管家女兒瑪莎，是個自我戲劇化的角色，她暗戀康斯坦丁，把自己的人生搞得痛苦不堪，而明明她又是這三人中最冷眼旁觀的清醒角色，總會看似天外飛來一筆插上一句，「當人們沒什麼好說的時候，總是說青春哪、青春哪……」「等我結了婚，就顧不了愛情了……」一針見血，好似對於所有角色所下的後設評注。

她要求阿爾卡金娜的情人，小說家特理戈夫在送她的書中如下題款：「給身世不明、不曉得為什麼活在這世上的瑪麗亞……」她為自己塑造出這樣一個悲劇腳本，某方面來說，這也是另外兩個女性同樣的命運選擇，只是自覺與不自覺的差別。

瑪莎希望得到小說家贈書，要求按照她意思寫下題款；另一方面，愛上小說家的妮娜，在送給對方的墜子上刻的竟是小說家的某本書名：《日日夜夜》。這一本書，在劇中始終彷彿是另一個看不見的角色，隱隱推動著角色行為與她們的自我觀看／解構。

三個都愛慕著小說家的女性，各以不同方式「介入」小說家的文本，嘗試找到自己的位置，契訶夫筆下的多角戀愛真是別出心裁。

*

全劇最成功的互文與解構設計，便是接下來要討論的「海鷗」這個角色了。它是一個象徵，但同時它也是一個充滿歧義的文本。康斯坦丁、特理戈夫、還有妮娜都掉進了這個互文的糾結中。

一隻海鷗、三種表述構成的張力，是契訶夫非常成功的戲劇實驗。先是康斯坦丁槍殺了一隻海鷗，丟到妮娜腳前。他企圖殺掉的，是那個一直在傷害他的母親？他自己？還是他得不到的愛情？

特里戈夫看見，立刻取出小本子記下這個題材靈感：「有一位年輕女孩從小住在湖岸邊，就像您這副模樣：她像海鷗一樣愛這湖水，也像海鷗一樣幸福又自由。但偶然間來了一個人，看見她，因為沒事做而害死了她……」

沒事做而殺了一隻海鷗的人，既可指涉康斯坦丁，也可以是後來拋棄了妮娜母子的特理戈夫，勾引了一個單純女孩，幾乎毀了她一生。

妮娜愛得無怨無悔，日後總在給康斯坦丁的信中署名「海鷗」，直到二人重逢，妮娜明顯改變，不再稱自己是海鷗，而說自己現在就只是一個忠於工作的女演員。兩個都曾經胸懷大志的文青，如今一個在現實的磨難下甘於了平凡，另一個則出場後舉槍自盡。

當管家端出了特理戈夫曾要求他製作的海鷗標本，小說家卻說不記得有過此事。劇終時，除了醫生外，一屋子的人包括母親阿爾卡金娜，都在牌桌上玩得不亦樂乎，醫生悄悄把特里戈夫拉到一邊告知發生何事。

特里戈夫原是康斯坦丁生前嫉妒的對象，騙走女友的情敵，最後卻成了屋內親友中唯一知道康斯坦丁自殺的人，沒有比這個更諷刺的了。

從槍殺海鷗到自殺，從成為特里戈夫的靈感，到引發康斯坦丁自我認同的毀滅，海鷗這個「象徵」已不再是傳統文學中常見的，具有一致性的貫穿元素。

它是歧義的，多元的，衝突的，成了一直在迴旋的符號，使得劇中人物的關係以及主題的辯證，從來不是處於穩定狀態，反覆地建立又反覆地被顛覆。

最後我們發現，海鷗既不幸福也不自由，它也許更是醜陋的、殘酷的真相化身。最後真相猶如標本，沒人記得或在乎。而幾年前在院中搭建起的那座小舞臺，如今也已腐朽，「像死人骨架似的」。

*

契訶夫藉著這樣的交織手法，一方面凸顯了人生的無常，另一方面也避免了讓整齣戲流於感傷，以致減弱了可供深思的餘韻。

事實上，這齣劇有許多的安排是引人發噱的。例如阿爾卡金娜為挽回特里戈夫時的賣力演出，賞下人一盧布小費還再三強調如何分配；總是穿著黑衣、想讓自己看來悲慘的瑪莎，不時掏出鼻煙吸上兩口；多恩醫生被管家之妻窮追不捨、接下來瑪莎又向他表露對康斯坦丁愛得不可自拔，他只能無辜地表示：「怎麼全都神經兮兮的，都在談戀愛……」

悲劇與喜劇是一體的兩面，不該是兩種涇渭分明的劇型，這在十九世紀末的劇場也是一大突破，無怪乎史坦尼斯拉夫斯基越說《櫻桃園》是悲劇，契訶夫越要說它是喜劇，這種悲喜劇的特質，在《海鷗》早已見端倪。

劇作家之妻曾在通信中問「生活是什麼？」契訶夫回答：「妳這個問

題就好似問我，紅蘿蔔是什麼？紅蘿蔔就是紅蘿蔔，沒什麼好解釋的。」

劇作家並非逃避這個問題或故意耍白目，與妻子聚少離多又重病纏身中的他，對生命與生活仍抱著如此樂觀與開放的態度，不以簡單的標籤口號給生活一個簡單的定論，一反當時俄國文化界的虛無主義當道。

隨著自己年紀的增長，每次重讀契訶夫的劇本都讓我越發欽佩。懂得技巧的藝術家很多，真正讓人感動的，其實很少。契訶夫與二十世紀後喜歡擁抱主義標籤的藝術家們是多麼的不同！

契訶夫的劇作無法以寫實主義、悲劇還是喜劇來下注腳，他寫的就是生活。

觀看時間的方式

不論心盲或眼盲，我們都還是主觀地做了選擇，
決定了自己觀看的方式。

最近看到《紐約時報》選出的二〇一五年度最佳兒童繪本，其中一位的作者名為Guojing，書名是《The Only Child》。用黑白鉛筆的素樸，畫出了一個小孩被獨自留在家中，卻發揮了天馬行空的想像力。我看著那一張張的圖選，很喜歡畫面中用鉛筆製造出的類似水墨般的效果，心想果然是華人藝術家，才懂得這種趣味。

再往下讀，看到入選十大的理由：「表現出了『一胎化』政策下孩子們的孤獨……」當下覺得這評語太煞風景，心中立刻出現了一聲：歐麥尬，又來了！

是兒童繪本嗳，我心想。難不成父母在跟小孩子一起閱讀這本書時，一面激發著孩子的想像力，一面還要強調，在遙遠的中國，那裡有一種東西叫一胎化，所以有很多孤獨的小孩只能自己跟自己玩？西方國家就沒有獨生子與獨生女這回事了嗎？

這真的只是美國書評的自以為是與強作解人嗎？

書名取作《唯一的小孩》，或許是有點小心機的。內容是孩子純潔自由的世界，偏偏同時要向成人評論者打打暗號，甚至可以說是拋拋媚眼，這突然讓我對這本書能入選《紐約時報》的十大繪本好書一點也高興不起來了，因為發現作者很難逃脫消費一胎化議題的嫌疑，而書評竟然也就隨之起舞，搞不好還沾沾自喜，以為自己很能破解書中的政治密碼。

是兒童繪本嗳！

就算作者在故弄玄虛又如何？讀者與評論者就只能跟著往設好的圈套裡跳？兒童繪本都如此了，其他的文學與電影，這麼多年來難道不也是這麼搞起來的？

＊

回想起二〇〇九年，我擔任《中國時報》「開卷」十大好書決審委員時，讀到了畢飛宇的《推拿》。同年入決選的還有蘇童的《河岸》。我之前從沒讀過畢飛宇的東西，完全不知此人來歷，我卻把票投給了《推拿》。（最後《推拿》與《河岸》同時入選。）之後我才又回頭去讀了畢飛宇之前的《玉米》、《青衣》、《平原》，覺得還是《推拿》最好。

不說別的，這本小說是我自一九九〇後接觸的中國作品中，少數可以讓我很安心地進入每個角色的內心世界就好，而不必心有旁騖地不時抬起頭來尋找政治的幽靈。畢飛宇之前的作品也都還依賴著通俗曲折／政治暗示之間的雙簧，《推拿》這回很有自信地丟掉了這根拐仗，更是挑戰讓長期被這套解讀法制約的讀者和評論者，也一起來拋開那樣的自作多情。

尤其讀到了其中一個角色小馬，總是在拆解撥弄著鐘錶，把時間當做他的玩具，立刻讓我想到了美國小說家福克納在他的《聲音與憤怒》（*The Sound and the Fury*）中，也設計了一個角色擁有一只父親留給他的老錶，他放在耳邊傾聽，置於掌中撫玩，想著父親所言「沒有人能夠贏得了與時間的這場戰鬥……以為可以勝利是傻子與哲學家才會有的幻覺。」

但是到了畢飛宇的小說中，這個概念被發揮剖析得更為淋漓盡致。畢竟福克納寫的是美國南方，那是個黑白種族問題嚴重的社會，但是畢飛宇寫的是盲人，不僅沒有了膚色之別，甚至也沒有了美醜之分，所以在小馬的心裡才會出現了這樣的頓悟：

「要想和時間在一起，你必須放棄你的身體。放棄他人，也放棄自己。這一點只有盲人才能做到。健全人其實都受控於他們的眼睛，他們永遠也做不到與時間如影隨行。」

*

在這個媒體氾濫的年代，靠文字創作的人是否有時也希望自己盲了，再不要被這麼大量的影像洗腦？

一九九八到二〇〇〇年，我受王德威老師之邀在哥倫比亞大學開課，教授中國現代小說與電影，那些美國學生在沒讀過文本之前，都看過了張藝謀的《紅高粱》、《菊豆》、《大紅燈籠高高掛》，簡直很難再洗去他們已先入為主的印象。

而中國的創作者，不論文字或電影，似乎也大受這一波中國電影熱的鼓舞，循著那樣的路數，一而再地翻演著大家族裡的腐敗與女性身體的被剝削。美國學生看得津津有味，將每部電影都看成了在言論不自由的中國，受壓迫的藝術家們在暗渡著對政治的批評。

直到有一天我終於忍不住對學生說了：「你們會覺得每一部西部片都是美國西部開拓史的真相嗎？你們有西部片這種類型，中國電影也有一種家庭劇的類型，懂嗎？」

事後我也反省，如果我覺得美國學生的了解方式狹隘，那我自己對中國作品的詮釋解讀又是以什麼為準呢？又是如何被形塑而成的呢？

＊

封閉了這麼多年的中國，第一次在我眼前出現是一九七〇年代安東尼奧尼的紀錄片《中國》，第二次是一九八〇年代貝托魯奇的《末代皇帝》。都是外國人帶著攝影機進入了實境，代替著我們的眼睛，看到了穿著灰撲撲毛裝的老百姓在破舊的里衖間行走，目睹了紫禁城的宮廷風華。

沒想到這兩種影音紀錄，就一直被複製至今。要不就是農民文學，要不就是怎麼也演不完的宮廷連續劇。

反而到今天，我最印象深刻的畫面是《末代皇帝》中出現的一小段紅衛兵街頭革命歌舞，明明是如此樣板而虛假的舞蹈動作，但是時隔三十年，當我在電視上又看到了那個片段時，我竟油然而生出一種懷舊之情。

那樣殺氣騰騰的紅小兵，在後來的中國文學作品或電影中再也看不到了。

反倒是有一個年代，在海峽的這一端，反共電影如火如荼，一部《皇天后土》打破了禁忌，第一次在臺灣電影院的大銀幕上，觀眾看到了毛像與一片紅旗飄揚，文化大革命被從沒有去過對岸的臺灣電影工作者，憑著資料與想像，幾乎比實境拍攝的《末代皇帝》更逼真地複製了出來。還在讀高中的我，當時的感覺是興奮的，完全沒想到反共這事，只驚異這些電影人移花接木的複製技術高超。

戒嚴時代的青春期，反共教育的最高潮，這一切都已是歷史即將轉彎的前夕，卻弔詭地成為我深刻的記憶。

我突然就想起了與我同年的畢飛宇，想起了他筆下的小馬。「要想和時間在一起，你必須放棄你的身體。放棄他人，也放棄自己。」

不論心盲或眼盲，我們都還是主觀地做了選擇，決定了自己觀看的方式。

我本來要出國念書的，
就因為這樣在國內多待了一年……

曾經，我們翻開報紙的
第一件事是讀副刊……

二〇〇六年五月三十一日，《中央日報》走過七十九個年頭，印行了最後一天的報份，從此走入了歷史。就這麼巧，那一天〈中副〉版面上的專欄方塊正好輪到由我「值星」。報紙停刊的決定來得倉促，主編黛嫚一知道消息便通知了我，囑我為副刊寫下最後一次的「方塊」。我們在電話上沒有多講什麼，盡在不言中……

時間回到一九八八年。

早我半年進入〈中副〉的黛嫚，替我引見了當時的主編梅新先生，第二天我便成為了梅新先生口中「一群小蘿蔔頭」的副刊編輯一員。那是一個美好的年代，報禁解除，三大報增張，〈中副〉一下子擁有了三個版，正適合意氣風發、對文學滿腔熱血的梅新先生好好大展身手！不怕我們這群才剛離開校園的文學科系畢業生之前毫無編輯檯工作的經驗，梅新主編耐心地一個個從頭教起。我本來決定要出國念書的，就因為這樣在國內多待了一年。

雖然一年後離職，但是我與〈中副〉的關係始終未斷，只因為那一分「革命情感」。在資源與另外兩大副刊明顯懸殊的工作環境，再加上報紙特殊的黨報色彩，我們這群年輕編輯在主編梅新的帶領下，更加認知到堅持這樣一塊兼具開放視野與文化內涵的純文藝園地之重要。大家每天都抱著「輸人不輸陣」的傻氣，把其他幾家的副刊攤開比較，一邊觀摩，一邊體會，一邊學習，怎樣可以讓副刊這個版面更靈活、更醒目、更……

〈中副〉歷經了孫如陵主編的盛世、梅新主編的重新擦亮招牌（共獲得了四次金鼎獎）、到了林黛嫚掌舵時，大環境已經越來越惡劣了。但即使如此，她不僅仍維持了〈中副〉一貫的品質，更時有前瞻性的精彩企劃佳作，身為老同事的我深知其不可為而為之的勇氣與藝高膽大。沒錯，黛嫚執掌華文報紙歷史最悠久的副刊那年，不過才三十出頭！

美好的一仗，我也曾在場。我們都在場。

這一仗，不光是為編一個副刊，而是為臺灣文壇的深耕與傳承盡一分力。在那個所有海外華人唯一看得到的副刊就只有〈中副〉的年代……那個曾經在海外的大陸作家都渴望能在他們最熟悉的〈中副〉發表文章的年代……

我彷彿知道，黛嫚有一天一定會把這一切都記下來的。果然，終於等到了這一天，當《推浪的人》的PDF檔一傳到我電腦，我便迫不及待一睹為快。許多往事歷歷在目——「中副新春茶會」的熱鬧、「百年文學研討會」的氣勢與名家雲集、諾貝爾文學獎開獎之夜的人仰馬翻……隨著她感性的文筆一一又重回到了心頭。

但更多是我不知道的，那些在黛嫚成為〈中副〉主編後所經驗的壓力與如履薄冰。二〇〇〇年後臺灣社會與人文思想如炸彈開花，既可謂之多元，有時亦可稱之為莫衷一是。這樣的氛圍下，做為一個副刊主編，顯然必須對社會有更全面的觀察，對媒體工作有更深刻的期許，才能扮演好那個既要發掘新的聲音、又要保存文學超越政治傳統的掌門人角色。

這本回憶錄不僅僅是分享了在她「中副」的寶貴經驗，更重要的是，她讓我們看到副刊在臺灣的藝文生態中所歷經的變化，與它為臺灣建立起的許多人文軟實力，需要有像這樣一本書留下記載。

所以，這不光是一本散文集子，它也像一部文化史。除了擁有一支散文之筆，更需要有資料蒐集消化再重新鋪陳的學術科班訓練，才能在爬梳與副刊編輯相關的所有事務上顯得尤其駕輕就熟。

不管是否曾是死忠的副刊讀者，你都會從書中發覺，臺灣社會在過去三十年間的種種變遷，都相當程度地反映在副刊這個版面。而一個歷史最優久的副刊就這樣悄然熄燈了，網路臉書自媒體的即時分享緊接登場，為擬一個編按或標題都要斟酌再三的年代，也似乎一去不復返。

但，記憶的斷層卻可能遠比我們想像得更深、更黑、發生得也更快速。我們要如何抵擋住臺灣社會失憶的洪流——在「翻開報紙第一件事是讀副刊」這說法還未成為一句無人能懂的謎語之前？

讓我們一起老

故事未了，黃昏已來。
兜兜轉轉還是放不下，影影綽綽盡是傷心人。

一直記得與鍾文音初回的素面相見。

當年我剛回臺任教，落腳於東海岸的大學，她來學校演講，結束後郝譽翔開車載我們去吃路邊熱炒。小小的廣場，初秋的晚風舒爽，我們坐在大榕樹下喝著啤酒。現在想起來，都才三十來歲的我們還是孩子，只有孩子才能很快就混熟，沒有世故的拘謹和再過幾年都將出現的疲憊。文音愛笑，那笑聲帶著鼻音，我邊聽著她旅遊的趣事，邊抬頭東看西看那個當時我還未熟悉的東部生活環境。很鄉土，卻也像置身異國。

就這樣流年偷換，舊識卻算不上熟識，直到最近這些年，我們都成了得要獨力照護年邁至親的單身子女。

無人能伸出援手，只有彼此互相打氣，交換著只有當事人才知的甘苦。那個熱愛異鄉漂泊的波西米亞靈魂，與另個依賴老歌老酒為伴的書房宅男，就這樣出現了新的交集。去擔任研究生的論文口試委員，一次碰到的題目是《郭強生與鍾文音的單身中年書寫》，一次則是《鍾文音與郭強生散文中的老年照護》。

最近一次碰面，文音明顯瘦了一大圈，身影變得格外單薄嬌小，我本能地擔心問她怎麼了？年過半百，單身獨居又要擔負著長照重任，這些年下來我變得杯弓蛇影般神經質。結果文音告訴我她在改變飲食作息，減重有成。不但如此，她還完成了新的小說作品。哇不得了，我在心中讚嘆著：前年才剛出版了擲地有聲的長篇小說《想你到大海》，創作力大爆發呢！

這回寫什麼？我問。

老年地獄圖，她說。

語未竟，我們都同時笑了出來。我聽到自己笑聲裡的無奈，卻聽見文音的笑聲裡，依然是那帶著鼻音的少女。

然而，翻開這本新書《溝》讀到的第一篇故事〈狐仙已老〉，又讓我吃驚了。明明眼中還是她纖盈的背影，怎麼會寫出有「孅味」的懺情？《中途情書》、《愛別離》、《寫給你的日記》……中那個迷離哀訴的敘述聲音，如今卻出落得異常生猛俐落，句句都戳到痛處：

「還是一個人好，雖然有時很孤獨，但出去更孤獨，好像老了不該出現在路上。」

「習慣養成需要時間，但她已沒有太多時間。所以很多事變成偶爾。」

「未完成的故事都屬於天涯海角了，天涯海角再也去不得。現在要完成的故事都屬於過去。」

單身中年如今已逐漸邁入初老，照護者即將要成為無人照護的孤老，我只不過是活成她筆下的那句「接受比反抗容易」，她卻如此昂首闊步地直搗她口中的老年地獄。畢竟是寫出過《豔歌行》、《短歌行》、《傷歌行》百年物語三部曲的鍾文音，過往冽豔陰鬱的文字這回添進了辛辣與直白，一腳踢開什麼「熟齡樂活」的自我催眠，冷眼犀利地直視自己可能遭遇的老後，這真的需要一些氣魄。

全書三十四個故事，如一帙畫卷節節展開，緊鑼密鼓讓人無法不一口氣往下讀。

與其說是老年地獄圖，恐怕更接近高齡求生的教戰手冊。文音勾勒人物的功力既準又鮮活，叔嬸伯姨出現的場景更是多樣真實得令人過目難忘。從養老院到棺材店、從部隊軍旅到保險業務，生活氣息的逼真摹寫，這種日常生活中的田野功力，值得小說後學者好好見習。

曾經，那個追隨著莒哈絲、普拉斯、吳爾芙的步履浪跡天涯的鍾文音，現在哪兒也去不了，與臥床的母親相依為命於淡水八里。但是這一點兒也限制不了她總欲探訪下一個邊境的靈魂。

這回，她要探險的新大陸不在遠方，而就是眼前快進入超高齡化社會的臺灣。一如青春時對愛情真相的勇於索問，如今她對病老死的辯證，對獨身的反思，展現了同樣的義無反顧。

讀完這些故事，腦海中不禁又浮現大榕樹下喝啤酒的當年。三十多歲的我們都還在愛著，還想要愛著，怎想得到半百之後，竟然在憶起那些愛與不愛的糾纏起落時，只能嘆一聲都是虛枉？

故事未了，黃昏已來。兜兜轉轉還是放不下，影影綽綽盡是傷心人。

早就注意到，銀髮商機主要鎖定的還是有家有後的族群，甚至那些養生抗老保健補品廣告想打動的消費者不是老人，而是那些於心有愧的離家子女。君不見，廣告片中總是出現兒孫輩友孝，奉上燕窩人參高鈣銀寶維骨力，最後老人與晚輩一起勇健跑步，闔家笑嘻嘻樂融融？

高談長照，鼓吹銀髮樂活的年代，獨身的大齡子女們都還在忙著照顧更年邁父母，何來樂活？獨身二字在一般的認知中也只有樣板的概念，「眼光太高了吧？」「個性難相處吧？」殊不知，是因為我們對情字的執著，放不下父母，容不下曖昧，只能用後半生修習放下，超脫情字帶來的磨難。

在先前的散文集《捨不得不見妳》中有一段，聽見母親對她說「沒有我，妳會很難過的」，文音寫下了思索之後的心情：

「我當時聽了心想怎麼會，我會悲傷，但同時我也會覺得自由。我沒有體認到我的自由感其實是建立在擁有母親的安全感上，我不曾擁有真正的自由，我的自由只是一種逃脫，心仍牽掛許多東西。無所牽掛，才有自由。」

總是在牽掛著，以至於最後我們都忘了如何釋放自己。做為讀者，我要謝謝文音寫下了這些故事，關於我們這些處在新舊交接、五年級世代中的少數族群。

從私散文到小說中的紅塵眾生相，她拿自己的傷口去碰撞，在我輩同類間一個又一個似陌生又熟悉的遺憾中，撞擊出共鳴，或許終能讓老年擺脫社會眼光的規範，讓單身者的餘生出現真正自由的可能。

能夠這樣發願書寫老年，我必須說，既需要極大勇氣，也需要滿懷慈悲。

書近尾聲，那篇〈滅絕師太〉的結局場景讓我意外地笑了。搬離前夫家的女人，決定「即使餘生要照顧母親也是自己的餘生」，為了自由，把其它的都丟了，除了自己的母親。結果馬路上的人都在看著這奇異的畫面，竟然有人推著電動病床在街上移動，床上還躺著瘦弱的老人家。

前進吧，別人的眼光哪裡需要在乎？

彷彿聽見，畫面外的文音也吃吃地笑了，依然帶著她那有些頑皮的鼻音。她說，讓我們一起老。

The Destined Life

郭強生

IV 那些生命中我們不善於面對的

那些生命中我們不善於面對的

他最終記得的，不光是自己的故事，
而是幫我們每一個人記住了愛與痛苦、升空與墜地、哀悼與孤獨。

朱利安．拔恩斯（Julian Barnes）是享譽英語文壇的名家，曾三度入圍布克獎，終於第四度才以《回憶的餘燼》（*The Sense of An Ending*）奪冠。據說當年評審團只用了三十分鐘就無異議決定，將當年已更名為「曼布克獎」的榮譽頒給了拔恩斯這本「薄薄的」小說。

拔恩斯在一九八〇年代以充滿後現代風的小說崛起文壇，國內中譯本已絕版的布克獎入圍之作《福婁拜的鸚鵡》（*Flaubert's Parrot*）最可做為這時期的代表。

據說大文豪福婁拜（Gustave Flaubert）在書寫他經典之作《簡單的心》（*Un Coeur Simple*）時，為了細節描繪更栩栩如生，案頭果真放了一隻鸚鵡時時觀察。拔恩斯以此為發想，描寫一位退休醫生竟然發現不只一間博物館宣稱，當年那隻鸚鵡已做成標本成為館藏。接下來主人翁從尋找鸚鵡的下落，轉而揭開了不同版本的福婁拜生平。

這本小說的敘事虛實夾雜，三條主線彼此對照呼應。一方面我們看到的是文學史上功成名就的福婁拜，另一方面我們也驚訝發現，文豪一生被病痛折磨，飽受無愛喪親之痛，也曾潦倒挫敗……等等這些不為人知的暗黑面。

小說中第三條線則是福婁拜本人的手札書信。拔恩斯利用反傳統的敘事法向讀者提問：要如何認識真正的福婁拜？他的一生究竟是快樂還是悲傷的？甚至，凡人如你我，又如何體認自己的人生是成功的還是失敗的？

拔恩斯的作品總是充滿著深思熟慮，觀察敏銳，文字簡潔準確，但探索的主題卻經常帶著憂鬱的哲學式命題。讓他獲得曼布克獎的《回憶的餘燼》看似回歸了比較寫實的敘事，但對人生的偶然與巧合，記憶的不準確與感情的不可測，仍是充滿了他一貫的主題層疊交錯。

故事描述一退休老翁突然接到一封律師信通知，他大學時期的女友母親，三十多年前曾短暫有過一面之緣，卻在遺囑中留給他一份意外的遺物，是他自殺過世的高中死黨的日記。高中死黨後來曾一度與他的前女友交往，讓主人翁非常妒恨，也因此兩人斷了聯絡。但這本日記為何會又出現？經過歲月的洗禮，我們真能說得出哪些記憶真正改變了我們的人生？哪些記憶其實是為了趨吉避凶而被改寫？

這本《回憶的餘燼》以短短的篇幅，承載了異常沉重深刻的主題，冷靜優美的文字如滴水穿石般沁入讀者心扉，感人力道還遠勝許多洋洋灑灑數十萬字的小說，是小說形式的完美展現，更是拔恩斯晚年後的另一個藝術高峰。

＊

不同於許多作家的文字充滿了賣弄與表演性，喜歡語不驚人死不休，拔恩斯的作品總是節制而意在言外，用文學創作對人生扣問，卻從不顯得耽溺或自我重覆。而且，他總是能夠發揮了文學最純粹的力量，並不張牙舞爪先設定了議題，而是藉著文字的迂迴交疊折射，呈現出生命種種更幽微的面向。

《生命的測量》的英文書名 Levels of Life，生命中的層層疊疊，似乎就是他小說作品的最佳形容。然而，這回他寫的不是小說，而是他親身經歷的悲慟，關於結縭三十年的愛妻無預警離世的無盡哀傷。

曾經，閱讀《回憶的餘燼》對我是一次救贖，拔恩斯測量回憶的書寫引導我，讓我對自己的生命有了另一種回顧的眼光，體會到悲傷是一種出口，經過真正面對悲傷才能與自己和解。

然而，儘管當時我對拔恩斯何其準確的文字感到驚異，我並不知道這本二〇一一年的作品，其實是寫在他二〇〇八年喪妻之後。

如今讀到這本《生命的測量》，我才瞭解拔恩斯為何會寫出《回憶的餘燼》，又為何等待了七年，他才終於在作品中首度直接面對了老年喪偶的悲慟。

因為拔恩斯是個思考型的作家，他必須與自己和解，與死亡和解。雖然這份傷慟對他而言永遠不會消失，但是他卻因為這份傷慟讓他重新看見生命的面貌，甚至是，文學的療癒力量。

*

「將兩個從未結合過的事物結合在一起。世界就此改變。當下或許無人發現，但無所謂。世界終究是改變了。」

就從這幾句話開始，拔恩斯拉開了一個以高度為座標的生命圖像。

就如同《福婁拜的鸚鵡》的拼貼方式，三段故事分別以天空、水平面、地底為隱喻，一段是半紀錄式的報導文學，一段是以真人為本的虛構，一段是作者自傳性散文。

第一章「高度之罪」（The Sin of Height），上場的都是十九世紀的真實人物，皇家騎兵隊的伯納比上校、知名女演員莎拉·伯恩哈特、以及發明高空攝影技術的納達爾，熱中於熱汽球升空飛行是三人的共同點。飛行是人類的夢想，挑戰高度某種程度滿足了人類對自由冒險的本能渴望。熱汽球、飛行、攝影、還有納達爾與久病的妻子攜手五十五個年頭，這些事情有何關聯？讀者必須耐心玩味拔恩斯所安排的這些線索，一步步體會拔恩斯對悲傷的深刻認知。

第一章結束在高空攝影發展的極致，那就是從外太空拍到了地球的面貌。一九六八年阿波羅八號，負責駕駛登月小艇的安德斯少將事後回憶：

「相較於非常粗糙、凹凸不平、破敗、甚至於無趣的月球表面，我們的地球相當多采多姿、美麗又細緻。我們每個人都驚覺到我們越過二十四萬里路來看月球，其實值得看的是地球。」

人類尋尋覓覓，挑戰實驗創新，以突破高度做為追尋夢想的指標，真正換得了幸福快樂嗎？

於是拔恩斯帶著我們從高空回到地面。

第二章「平平實實」（On the Level），也可做「在地面」、或「同一高度」解。拔恩斯虛構了伯納比上校與女演員莎拉·伯恩哈特之間一段無疾而終、卻讓伯納比刻苦銘心的愛情。熱戀也像登上熱汽球高飛，也同樣是「將兩個從未結合過的事物結合在一起」，但就像熱汽球有墜地意外的危險，愛情也同樣隱藏著悲劇的可能。女演員宣稱自己不相信婚姻，不願回到地面與上校「同一高度」，但後來卻閃電下嫁他人，空留遺憾的伯納比則在一次戰役中被敵人以長矛穿頸而亡。

所有的愛情，到頭來都是悲傷的故事。

*

從報導文學、虛構小說、轉進第三章「深度的消失」（The Loss of Depth），拔恩斯開始娓娓到來他的喪妻之慟。與他牽手三十年的愛妻，從診斷到死亡只有三十七天，我們才明瞭拔恩斯多麼羨慕在第一章出現的納達爾，與妻子五十五年廝守，並有八年的時間因愛妻久病他們隱居相伴，納達爾能有溫柔照顧侍病的機會。

從痛不欲生曾一度計劃自我了斷（後來自殺成為《回憶的餘燼》中重

要的情節），到接受你愛一個人有多深有多長，失去對方後的悲傷也同樣深同樣長，拔恩斯如手握手術刀般，一層層剖切進傷慟的更底層。

人生至此，從年輕的好高騖遠，到有幸與某人一路同行，到其中一位葬身六呎之下，這是人生的階段，也是對生命三種不同層次的體會。

在悲傷中，我們也隨著記憶下沉，沉到記憶底處，直到以前快樂時光的攝影留念。「似乎變得比較不像原版，比較不像生活照的本身，而像是照片的照片。」拔思斯寫道。

如果攝影都是不精確的，那麼「我」又該如何記憶？拔恩斯或許已經提供了答案：在文字裡。

他最終記得的，不光是自己的故事，而是幫我們每一個人記住了愛與痛苦、升空與墜地、哀悼與孤獨。他寫下了那些生命中我們不善面對的，並且讓失去變成另一種生命的測量刻度。

將兩個從未結合過的事物結合在一起。世界就此改變。當下或許無人發現，但無所謂。世界終究是改變了。

相信每位讀者在掩卷時，一定會對這幾句話低迴沉思良久。讀者與這本書，也是兩個從未結合過的事物在這當下結合了在一起。靜靜地，一切都將改變了。

天才王爾德的悲喜

他說，擺脫誘惑的唯一方法就是向它屈服。
他說，當神要懲罰我們的時候，就讓我們的祈禱成真。

你我都活在陰溝裡，但我們之中有人正在仰望天上繁星。

（We are all in the gutter, but some of us are looking at the stars.）

——奧斯卡・王爾德（Oscar Wilde）

王爾德無疑是個天才。

天才是無法模仿的。他說：「我把我的聰明用於寫作，把我的天才用於生活。」

這樣大的口氣，一語道破了他的頹廢、浪漫、譏誚、還有孤獨。

他的作品不算多，卻涵蓋了劇本、詩歌、小說、童話、與美學論述，重要的是，無一不受到讀者觀眾與評論者的瘋狂喜愛，甚至在他逝世一百多年後魅力私毫未減。

為什麼呢？因為有關他的一切，都是一個弔詭。

看似瘋狂又自大的話語他說了不少，隨著時代的演進，竟然證明了他是個先知，當年無厘頭的幽默，原來都在揭露了令人震驚的人類真相。

他說，擺脫誘惑的唯一方法就是向它屈服。

他說，當神要懲罰我們的時候，就讓我們的祈禱成真。

他總是輕易地翻轉了大家信之不移的格言，簡短又準確的話術與機智，無人能出其右。許多人認為，英國文學中第一偉大的是莎士比亞，第二就是王爾德。

的確，我們會聽見評論者說，某某人是卡夫卡的接班人，某某人的劇本有契訶夫之風，至今還從來沒有人敢將任何名字與莎士比亞或王爾德相提並論。

但是這樣一位攀上英國文壇巔峰的天才，他的下場之淒慘不堪令人痛心，而且至今仍讓人不解。因為這樣的重跌與陷落，竟是他自己一手所主導。

三審王爾德的公案，在文學史上與他的作品一樣有名。王爾德的同性小情人道格拉斯男爵，究竟是怎樣一個人，也是一個謎。年方二十的他，真的愛上了其貌不揚、又年長他一大截的王爾德嗎？小情人的父親告王爾德雞姦罪，以文豪的人脈與影響力，這也不是件難擺平的事。但是王爾德竟然反告對方毀謗。眼看事情難以善了，眾人皆勸王爾德不如一走了之，風頭過去了就沒事了。但是他不僅親上法庭，甚至選擇要自己擔任辯護人，說自己不、是、同、性、戀！但是這場公審早被政治黑手介入，買通的證人讓文豪有口難辯，被判重度猥褻罪，服苦刑兩年。獄中飽受折磨的王爾德，身心受創，出獄兩年後辭世。

是過於自大蒙蔽了理智？還是對情人用情至深所致的失心瘋？王爾德一手編導了這齣悲劇，究竟是他最偉大的遺作？還是說，這是他最失敗的作品？

世界上只有兩種悲劇。一種是一輩子都得不到他想要的；另一種是，他得到了他想要的。他也曾這麼說過。

他的作品向來犀利地嘲諷了英國上流社會的僵化呆板與虛浮愚蠢，卻還能讓這些上流貴族們趨之若鶩，樂不可支。難道他能夠看清世間百態，卻缺乏自知之明？

還是他早看透，名聲財富地位其實都是一場鬧劇？

能寫出百來年無人能及的喜劇，同時卻又留給我們最悲傷的童話如〈快樂王子〉、〈夜鶯與玫瑰〉。同時，他的〈格雷的畫像〉驚悚指數在文學史上數一數二。在這部小說中，一位絕世美男子一步步邁向墮落的人生，每當他犯下罪行，畫像中的他面容就更加猙獰老醜，直到某日，有人發現一乾枯老翁死於畫像之前，而畫像中人絕美俊秀如初……

愛爾蘭人在當年仍是備受英國人歧視的，偏偏王爾德出身於愛爾蘭的平民之家。然而，憑著自己的天才他赤手空拳在倫敦打下一片江山，躋身貴族名流。莫非，再天才的人也克服不了自己的心魔？

或是，在王爾德心裡住著的，並非那個一步步走向毀滅而不自知的格雷，而是一隻願用自己鮮血染紅一朵薔薇的夜鶯？是因與快樂王子這一生僅有的一段相知，而用自己的生命報答的小燕子？

誠實，或許是檢驗是否真為天才的最後測試。

我相信，王爾德過關了。

可是他連承認自己是同性戀都不敢？二十世紀末同志運動如火如荼的時候，有人提出了這樣的抨擊。

我們必須明白一件事，同性戀這個字眼在一百多年前的解釋跟今日是不同的。王爾德比我們更早理解到，凡人的愛太簡單，也太自私了。王爾德渴望愛情卻遭小情人背叛，所以他把最後的深情給了我們這些徒子徒孫，如小夜鶯以血染的薔薇，小燕子以最後一次的振翅，完成了愛一個人的心願。

他讓我們認識了愛情。是他給了我們一個名字，而不是世人給我們冠上的汙名。

樂觀的基礎是恐懼，他說。

永遠要戒慎恐懼。除非，你已經認識了真愛。

這是我說的。

不一樣，原來是因為這樣

如果這是個對我不友善的世界，我只能用更多的力氣，
去建立那個有愛有情的人生！

我從小學三年級開始就與所謂的童書無緣。這樣子說，並不是在炫耀自己的閱讀能力。好像某些人會說，小學時就把《紅樓夢》看了幾遍。我也沒那麼厲害。

原因其實很單純，就是大多數那些分類為童書或青少年文庫的課外讀物引不起我的興趣。那些書好像是寫給另外一些與我完全不同的孩子看的。我內心有一種無法言說的孤獨、懷疑與困惑，不屬於同齡孩子的。

印象中陪我度過童年的兩本「童書」，日後才明白，它們並非表面上那樣簡單。一本是《王爾德童話》，一本是琦君的《賣牛記》。這兩本書讓我讀了又讀，因為它們在講「不圓滿」，而非「從此過著幸福快樂的日子」。

不要問我，那樣小小年紀我怎麼懂得什麼是不圓滿？兒童的感受有時遠超過成人的想像。我相信，每個小孩都有某種與生俱來的性格與氣質，他們很早就感受到這個世界對自己的要求，就像任何家中寵物都有這樣的本能。做得好會得到獎賞，做不好會被處罰。

但是人還多了一項動物沒有的本事，那就是假裝與隱藏。

早熟的我，從小一直是品學兼優，沒有人覺得我需要被擔心。我在成長的過程中，一方面害怕自己的格格不入被發現，一方面開始大量閱讀，因為想從成人世界的作品中找尋解釋與答案：我究竟是哪裡有問題？

被邀請為這本《奇蹟之屋》（*The Marvels*）作推薦，我無法置信的反問編輯：妳確定沒有搞錯？我是個沒什麼童年的人噯！……但，讀完了這本書，我的內心激動不已。這是一本遲來的解釋與答案。如果五十年前它就已經出現，對曾經那個孤獨的我來說，會是多大的安慰！

是的，《奇蹟之屋》要講的是多元性／別。

時代在改變了，終於有一本為了像我這樣的孩子而寫的書。

不圓滿會發生，但是除了隱藏自己的真實感受，我們還是可以嘗試去面對與化解。雖然人生已過了大半，但是《奇蹟之屋》卻讓我重溫了自己青少年時的掙扎與對自己的承諾：如果這是個對我不友善的世界，我只能用更多的力氣，去建立那個有愛有情的人生！

作者以一個劇場做為故事的舞臺，故事主線是小男孩約瑟與神祕舅舅之間如何一步步建立情誼。一開始讀，我以為它是一本青少年冒險小說，直到故事一個大翻轉！這個在此不能透露的情節，一下子讓我重回了十八歲時瘋狂愛上戲劇的自己。

戲劇曾在我孤獨的青少年時期扮演了重要的療癒角色，我相信作者也曾有過與我類似的成長過程。不是那種兒童親子劇場喔，是那種很複雜、很沉重的經典名劇，就像《奇蹟之屋》中那樣以戲劇做為生命密碼，也曾在我人生中真實的上演。

實現自己，認識自己，我們只能用想像力穿透現實。以同理心為基礎的想像力帶領我們從不同的角色、不同的觀點看待這個世界。《奇蹟之屋》用劇場概念貫穿全書，至少對我而言，就像是對自己人生的回顧，很溫暖，也帶著一點不捨。

雖然故事的結局是正面的，卻不免讓我感歎，畢竟這是一本外國作家的創作。作者布萊恩．賽茲尼克（Brian Selznick）聲譽如日中天，卻仍心心念念要用這樣的方式挑戰世俗，可見得即使在我們認為已經夠開放的歐美社會，這樣的聲音還是不夠的，所以，早已因《雨果的祕密》（*The Inventim of Hugo Cabret*）享譽國際的賽茲尼克，仍不得不扛起這樣的使命，冒險賭上了自己的事業與形象，用這本《奇蹟之屋》向千萬讀者出櫃。

在作者生動的文筆、以及別出心裁的圖文結構創意之下，臺灣的青少年教育準備好面對性／別這個議題了嗎？

有多少孩子也許仍在經歷著同樣的認同困惑？家長對於子女的關心是

否仍停留在表象的品學兼優？老師對於群體中比較孤立的孩子又是如何看待？甚至於，我們要如何從幼時就教導孩子偏見的可怕？

或許，這本《奇蹟之屋》的中譯本可以成為一個里程碑。它寫出了一個理想，一種渴望，某種程度上也破解了「性／別」與「性行為」劃上等號的錯誤觀念。

二元的對立並非世界的真相，更像是一種謊言，許多孩子早在發育之前就認識到這一點，但是成人的世界總是選擇忽略。

原來「他們」不一樣是因為這樣啊！

如果，在看完這本書之後你能有這樣的一句恍然大悟，我想這世界上的某處，就會多了一個孩子不再害怕。

書寫同志是為了見證我們的時代

勢必有些人守住了一些什麼，可能就是對於感情的執著，
對於自己存在價值的重新認識，而不是很快成為一場失控的末日犧牲品。

——《斷代》這本書的第一句就是「一切仍得謹慎提防的一九八五年——換言之，彩虹旗紅緞帶搖頭丸這些玩意兒根本還沒問世的三分之一世紀前」，一九八五年對於你個人和這本書裡的人物、故事意味著什麼？

那是我自己對於同志這件事比較有認識和關心的時候。愛滋病開始成為新聞，臺灣出現了第一個本土病例，那個時期同志和愛滋病被劃上等號，被汙名化。尤其一個叫田啟元（後來成為臺灣小劇場運動的重要推手）的臺師大美術系學生，暑期成功嶺受訓被發現是HIV帶原者，當時的學校和整個社會是很粗暴殘暴的，勒令他退學。我當時就想怎麼會這樣？這是我思考同志身分、同志議題在社會上怎麼被看待的一個背景。

第二點，臺灣是一九八七年解嚴，那是臺灣的轉捩點，那個時候整個臺灣社會就是蓄勢待發、蠢蠢欲動，很多事情在醞釀中的樣子。當我想回溯同志身分的啟蒙，自然也當從解嚴前夕寫起。

第三，我特別要強調的是，我之所以把這個書名叫作「斷代」，而不是「酷兒」或是「惡子」什麼的，因為我真正想要書寫的就是關於時代、關於記憶這件事情。我覺得一個作家要能誠實地看待自己的記憶。所以我也就從我自己的人生記憶寫起。往前再年輕幾歲，對很多事情也不太有自己的想法，所以一九八五那個時間正符合我自己（同志）記憶的開始。

也就是說，不管從個人層面，還是從臺灣的大背景，以及同志這個議題的開始，方方面面來說聚合在一九八五。

對於（同志）這個題材，臺灣在一九九三、一九九四就有很多類似的小說出現了，我看在眼裡，這議題剛剛才起步，當時我也不過才三十多歲，當時我就知道，不是那麼簡單的。如果你這個時候跳進去湊這個熱鬧，不管是對這個議題，就連對人生對社會的理解都不夠，只覺得哇，解禁了，這個東西可以見光了，我就跳進去，一定會有偏頗或不足。所以我不搭那個熱潮，我等了二十年，動筆的時候已經是五十歲，真正活過了，那個時候再來處理這個題材。

每個人的記憶都有被壓抑的部分，尤其是被邊緣的、受壓迫的主體，不管是以前的女性、黑人、還是被殖民者，如果有一天你想要揭開這個壓抑的記憶的話，肯定爆發出來的是混亂悲傷荒謬這些東西，我特別能感受那個壓力鍋被打開的感覺，所以大概是這樣去切入。

——這本書也寫到了臺灣的民歌運動，小鍾在書裡也是民歌運動的一部分。臺灣民歌運動對於你個人或者書中人物來說有什麼特殊的意義？

回到我剛剛說的，你能不能真正面對記憶這件事情。像我這個年代出生的人來說，過去十年，民歌在臺灣成了一個符號，當然這也是很重要的一部分記憶，但當一群五六十歲的人在那邊一聽到民歌，只想到青春想到美好，難道你都忘記你青春的時候做過多少蠢事嗎？好像你聽到民歌就通通變純真，被洗白了這樣。

青春其實是最尷尬最痛苦最掙扎的。你叫我重新回去過二十歲，我絕對不要。寫這個故事的時候，我企圖以一個不同的視角去切入臺灣過去這三十年，很多大家過去熟悉的符號我也希望可以翻轉一下。

我在書裡放進很多流行歌曲、通俗的文化，這些東西也是常被偏見誤導或汙名化的。之前有人問我寫了一本什麼樣的小說，我就說，這本書就是講愛情的，為什麼不可以好好地寫一個愛情故事？為什麼不可以用這些流行文化的符號？我刻意把這些東西交織進來，來凸顯一個不一樣的視角，我不覺得主流的記憶就是真相。

《斷代》雖然是以愛情為一個架構，但是我想鋪陳開來的是，他們（同志）也是時代的見證者。同志的視角，他們的記憶，跟所謂的主流是不一樣的，時間這麼嘩啦嘩啦過去的時候，很多聲音就這麼消失掉了，所以我是用這樣的方式來設計情節人物。

*

——我個人很喜歡鍾書元這個人物，他是ＨＩＶ陽性，是老年同志，事業也失落，所以我在想，你在設計這個人物的時候，是不是就有很明確的意識，要讓這樣的一個被主流認為是失敗的人物來承擔批判的角色，反而可能更有力？

在經過了這二十多年的同志運動之後，連同志社群內部也出現了主流在壓迫非主流。在主流同志社群裡頭所謂的非主流就是：你是ＨＩＶ陽性，你年紀大，你沒有姿色。所以鍾書元這樣的人物即便放在同志社群裡頭，他都是失敗的，但我希望說，有沒有另外一個方式來解讀他？我們看完他的故事，是覺得他這一生就是莫名其妙，不值得，是活該，還是說隨著時代的變化，我們要停下來，重新去檢視他這種「失敗」？

像鍾書元這樣的人物，現在我們可能會覺得說，我才不要成為他這樣的同志咧。但是下一個十年的時候，同志又會用什麼樣的眼光來看待這樣的人物？

也許會看到他沒有占到好位置的原因，是因為他真的很難被收編，很難去假裝，在過去的二十年大家都在興高采烈搶位置的時候，大家已經忘記了不被收編的意義是什麼的時候，會不會有一天回頭再看，我們不再覺得鍾書元這樣叫做失敗？這樣的人在社會變化起伏的過程中——不光是在同志社群裡，可以是在任何別的領域——當別的人都在狂歡的時候，很容易把他們看作是失敗者，但真的是這樣子嗎？

鍾書元這個角色一生錯過了很多，但他唯一想要為自己爭取的時候，他的意見完全不是當時的臺灣同志運動想要聽到的話，所以我在他身上設計了很多反諷的矛盾的東西，提醒大家在時代變遷的過程裡，我們只聽到多數人的聲音，少數人的失落往往都被我們忽略了。

——這個書是二〇一五年出版的，而朱天文的《荒人手記》是一九九三年，比較之下，你覺得過了二十年，在愛滋這個議題的呈現上，兩者有什麼明顯的不同嗎？

我前陣子看了一個舞臺劇，是一個年輕人寫的，他也想寫八〇年代愛滋剛開始的時候同志情人的故事，但我這個年紀的人一看就知道那是他的幻想。因為如果經歷過那個時代，就算你是一個沒有生病的人，你還是會有一個恐懼感和陰影。那個時候還沒有治療方法，現在很多年輕人覺得反正死不了，但對上一代的人而言，那些陰影跟恐懼是會跟著你一輩子的。

這就呼應到小說中出現的鬼魂，那是如影隨形的東西，那個東西不是說今天有了治療方法，有了解藥，那過去的陰影就沒有意義了，就洗掉了，不成立了。現在有很多人會說，有什麼好害怕的啊？還有事後藥可以吃，等等等。但是你有沒有想到，從一九八〇、一九九〇年代一路走過來的同志們經歷了什麼？

在那樣的境地下，他們是不是守住了什麼東西，才可以讓我們在今天可以論述這個議題？如果當時大家整個就絕望到瘋了呢？整個就末日了呢？就算了不要活了吧，結果沒有啊……那勢必有些人守住了一些什麼，可能就是對於感情的執著，對於自己存在價值的重新認識，而不是很快成為一場失控的末日犧牲品。

現在回頭從一九八〇年代寫起的時候，我重新認識了那個恐懼的意義。

我覺得朱天文寫《荒人手記》的時候，在她筆下愛滋病比較像一個文學的隱喻。對她來說那不是一個那麼切身的、對自身生命的威脅，不會有性命交關的恐懼感。其他的同志也很少真正敢去寫愛滋病對生命感情的影響，因為覺得是負面的，其實還是有恐懼，還是覺得很難赤裸裸地去揭開。

另外，我也發現，九〇年代百花齊放的年輕一輩的同志作家，他們很少寫到扮裝皇后這些比較陰柔的不主流的人群，會覺得那不是大家會嚮往成為的樣子，在那個年代大家有點像烏托邦式的，寄情於一個可能的未來。那二十年過去了，如果審視一下，曾經以為美麗的未來，真的是美麗的嗎？當時覺得很不堪很羞恥的事情，真的有那麼羞恥嗎？我二十年後去寫這些事情，比較能夠客觀地去處理這些問題，而我個人也比較能夠誠實地去處理了。

同志覺得自己越來越正常，正常到跟異性戀沒有差別，大家忘記了，一個很微妙的事情是，正因為曾有那個恐懼，才會推上去一個集體的力量。如果大家一直平平安安，偷偷摸摸過著地下的小日子，事情不會有任何的改變。通常事情的突破口就是已經達到臨界點的恐懼，被壓迫到那個極限的時候，所以才會有後來的這些運動。

*

——您在書中專門寫到好幾場鬼魂在那個同志酒吧前聚會的場景，有讀者說鬼魂是大多數同志群體的隱喻，我覺得不是，因為有的比如中產化的同志，您已經沒法說這樣的人是鬼魂了，鬼魂是那些被主流同志運動拋棄的人，不知道您怎麼看？

王德威把我的《夜行之子》、《惑鄉之人》以及這本《斷代》稱作三部曲，其實在這三個故事裡頭，都有鬼魂的角色，鬼魂有好幾個層次的意義。

對我而言，鬼魂不是真的死後陰魂不散的東西，鬼魂就跟我剛才講的記憶有關，就是你被什麼東西一直haunting（縈繞）的感覺。我甚至覺得，所有的文本都會有一個鬼魂在裡頭。在我們的傳統中，鬼魂好像一直就停留在《聊齋志異》了。我在這三本書裡，一直在尋找我們的文化中對鬼魂這個概念更多的面向。

第一個面向，就是它是一個好像浮現又好像不浮現的東西，這也是有意思的地方，也是為什麼文學不會被別的影像媒體完全打敗的原因。只有在一個語言式的敘述中，這種幽微糾纏的東西才會這樣子浮到水面上。每個人的寫作當然都是從他生命裡頭挖掘，如果不是有一個鬼魂在召喚他，他就按照一個制式公定的集體記憶的版本去寫不就好了嗎？文學有趣的地方就在於，它永遠有一個弦外之音，也可以想像是某一個幽魂在召喚，這是其一。

其二，當落實在書寫的時候，鬼魂是可以越界的，可以打破空間，打破陰陽，甚至可以打破生死。在虛構小說的設計上，我會用鬼魂讓大家看到原本我們以為無法穿越的東西。用鬼魂去穿梭，去越界，可以讓大家看到我們生存的狀態已經被什麼樣的力量阻隔了，以至於切成了許多二元對立的東西。譬如在《斷代》裡，夢境就變成了一個實體地理空間。誰能證明說，夢境只是腦波活動？

第三，鬼魂這個視角跟創作者的自覺也是相關的。身為一個作家，你覺得你自己是站在舞臺焦點之下的人，還是希望自己是一個隱藏於社會歷史中如鬼魂透視人世的角色？這牽涉到身為一個小說家，你如何認識你的工作，你寫作是為了站出來大鳴大放，讓大家膜拜，還是你希望自己不被發現，但是你一直在做越界、穿越的事情。所以連著三本書，我一直在這三個層次上做這些嘗試。

所謂的遊魂，往往也是自由的，主流對他是沒有意義的，不自由的人怎麼會知道什麼是真相，什麼是真正的主體性？在我的故事裡，通常遊魂所代表的其實是一種解放，一種挑戰的越界的力量，反而會讓所謂的主流永遠隱隱不安。

我常常想說，你們這些（主流的）人為什麼還是不滿足呢？為什麼還是要去攏絡更多的權力或資源？是不是心裡隱隱約約一直在害怕什麼？一定有一種他們也說不出來的惘惘不安吧？也許正是有遊魂的存在，挑戰他們，威脅他們。

——王德威在給《斷代》寫的那篇序文裡，有這麼一句話：「對他而言，只有同性之間那種相濡以沫的慾望或禁忌，才真正直搗殖民與被殖民者之間相互擬仿的情意結。」你怎麼理解他這個話？

他主要講的是我三部曲的第二部，《惑鄉之人》，這三部曲有一個連貫性。在《夜行之子》裡頭，透過一個同志的視角，主要探討後來所謂的多元文化，好像大家各自開一個鋪子，我這家跟你這家，好像沒有什麼關聯，所有的身分論述都獨立了。實際上，所有的身分論述都是交纏的，你的同志身分跟你的國族認同也是相關的，跟你的階級也是相關的，沒有人是單一身分而活的。過去二十多年來就算學術界談女性主義，也開始注意不同族裔膚色性向的女性問題，怎樣能把它全面地串起來。《夜行之子》就是要討論美國夢、外來文化跟同志之間的關係。

現在的同志運動老實說就是一個舶來品，所謂的同志遊行、同志打扮、同志電影，都是接收了歐美從十九世紀走過的點點滴滴。問題是，在接收了所有這些跟同志相關的新觀念的時候，你對於外來文化的自覺性夠不夠？這是《夜行之子》的主題。

到了《惑鄉之人》，我就想，為什麼大家寫同志，只有現代和當代，那日據時代有沒有同志？當然有。所以我把故事回溯到日據時代，裡頭是一個日本人跟一個殖民地臺灣的年輕人，到底誰殖民了誰？兩個人在愛情裡彼此的糾纏和虐待，這個同志關係呼應了另一層殖民跟被殖民的關係，會讓我們看到，那個所謂的同志吸引不只是純因為肉體，還有很多其他像位階、權力、對一種未知的文化的想像，所有這些都包含在同性吸引力裡頭。所以《惑鄉之人》是用殖民和被殖民來看同志吸引這件事。

殖民者也是抱著夢想來殖民你，他覺得臺灣是可愛的南國，他也美化了很多東西，美化了當地的人。同時，被殖民的人也渴望成為被殖民者接受的同類，所以這個互仿的情意結很妙，一種身分的互換，象徵了合而為一的追求。男跟女不可能互換，所以必須寄託在繁衍上達成合一。同性之間卻是可以經由彼此身分你成為了我，我成為了你。

——你會刻意避免去寫情慾和性這些東西嗎？

性在同志的生活裡跟在異性戀的生活裡，其實是一樣的。只是不知道為什麼，有一陣同志書寫會那麼刻意強調性，可能那個時候他們也不知道該彰顯同志的什麼吧？只能想到同志就是跟同性做愛，不跟異性做愛，他們還不曾經歷很多邊邊角角的，也還沒有一個屬於自己的歷史。

這也是我為什麼在書裡面引用了卡繆和沙特。存在主義說，存在先於本質。事實上，多數同志在他們四五歲還沒發育、沒有性意識的時候，就已經意識到自己跟其他人不同，性只是最後把大家集合起來的方便之門。不知道為什麼很多人的書寫都集中在性上。性這個東西肯定是每個角色都有的，但那真的是你要講的故事內容的重點嗎？所以就是看跟主題相關就寫，不相關也不用刻意去寫這樣。

——有一段，我覺得那應該是你借人物之口在自白：「他們難道不知道，在這個時代，很多觀念就是要永遠讓它保持模糊，才有生存空間嗎？」你所指的是什麼？

這個話有點反諷的意味，把事情都說開了，說破了，一般人往往是沒有辦法面對這樣的後果的，於是這個模糊地帶便成了一種共業。

就拿愛情這件事情來說好了，大家都說渴望愛情，可是多少人真正能接受愛情的真相？所以人類才發明婚姻嘛。婚姻就是給你一個最簡單的答案，反正你們婚都結了，愛情這個問題就不要再去想了，否則愛情本身是多麼複雜沉重的東西，所有人類的占有、恐懼、信任、背叛都在愛情裡頭。

大家都說渴望愛情，可是真的有多少人能承擔一場真正刻骨銘心的愛情呢？我在書中描寫了這群沒有婚姻為前提的角色，他們的愛情摧枯拉朽，也許才是愛情的真相？

每一個社會文化與制度裡，都存在著刻意被模糊化的價值立場，讓許多人寧願選擇被牽著鼻子走，而無法或無力去撥開遮隱的那道幕。

*

——書中的這幾條感情線裡，最打動我的是湯哥和老七的關係，就是那種人過中年，你想要去照顧這個生病的人，這種感情也不知道是友情還是愛情？是出於責任還是某種還債的心理？您能否談談他們倆之間的感情？

他們前半生都是在摸索，自己也不知道自己在等什麼，要什麼。老七知道湯哥喜歡他，可是因為那個時候，這還是禁忌。就算是開放，人的情感發生如果都是一見鍾情，那也就罷了，但在一起這件事情很多時候還是牽涉到了環境條件等諸多因素，後來姚瑞峰也講到，每個人都只能負擔得了他的社會條件所能允許的愛情。

多少人口口聲聲說愛情愛情，妥協也好，面對現實也好，愛情能給或能得，還是在你的社會條件之下的，所以湯哥和老七在他們年輕的時候，如何相愛相守這個事情完全沒建立起一套倫理，到底兩個男性的關係應該是怎麼樣的呢？等到老來，老七跟湯哥說，這個家，沒有男人，那也要有姐妹才叫家吧。在不同的人生階段，你看到不同的現實。

——我也很喜歡阿龍這個人物設置，他的有意思的地方或許就在於，異性戀、雙性戀這些標籤、身分都很難去定義他。我很好奇的是，為什麼是阿龍這樣的一個人物最後承擔了放火燒掉 Melody，解放同志遊魂的任務？

這個角色是新一代的，他是活在這個議題已經被討論過的時代，他考慮這個問題的方法跟之前像老七這代人是不一樣的，我在這裡做了一個稍微的對照。在隱喻的層次上，他能接收到湯哥和那些遊魂，意思是說，如果同志已經走到這一步，要再往下走的話，我所期待的是要有類似阿龍這樣的人，不是預設了任何標籤，我是異性戀，我來關懷你，或者說我是同性戀，我來加入你，而是站在一個人道的立場上。

每個人的情慾是複雜的流動的，他照顧老七，他已經超越了你是誰我是誰的標籤，而是一個人道人性的比較直接的關心。就像小閔問他，你每天跑來要幹什麼，他跟小閔講，我也說不上為什麼，就是很擔心像這樣一個人醒來的時候，床邊沒有任何人，其實就是將心比心。後來他放火燒掉Melody 酒吧，解放了那些被邊緣隔離的遊魂，是我的一個暗示性的希望。不是說立了法，革命成功了，就到此為止了，我們對所謂的理解包容，怎麼再往下走，不是一個形式上的法律就解決了。

——您覺得臺灣的同志文學跟同志運動之間是一個什麼樣的關係呢？是同構的同步的，還是有先有後？

當然有結盟的時候，也有分道揚鑣的時候。我覺得身為一個創作者，同志書寫未必要為任何特定的運動服務。運動必須要一直快速地推出議題，有的議題是消耗性的、消費性的，這沒有對與錯的問題，而是說每個人有每個人的戰鬥位置，社會運動的戰鬥位置就是要隨時不能中斷地有東西丟出來。而文學的戰鬥，是更縝密的更延續的敘述，有點像是為大家留下來清理戰場。一個是短打，一個是長打。看這過去二十幾年的時間，長打和短打交互作用，大概是這樣的情況。

同志文學這個標籤是在一個社會發展過程中的權宜之計，必須有這樣一個東西去彰顯它，但同志文學這四個字到底是什麼？是同志愛看的就叫同志文學，還是說書裡頭一定要有同志角色的才叫同志文學？還是同志運動的附庸？如果一個同志作家寫了一個沒有同志角色的作品，這是否也代表了同志文化裡的某個面向呢？

——在書中，你寫到 Angela 問姚瑞峰關於同志婚姻合法化的看法，想問您個人對臺灣的同婚合法化怎麼看？

美國同志婚姻合法化，是因為他們的同志平權意識比我們早了五十年，那個同志關係的倫理早已是他們的日常。從一九五〇、六〇年代到今天，中間還經過愛滋形同種族滅絕的階段，他們已經進化到成家的形態，過了情慾解放同志無罪階段，單一伴侶漸成共識，最後不過是就地合法，整個社會看到兩個同性在一起過著也挺好的，看在眼裡看了幾十年，能接受的人也多了。

那現在的臺灣同婚合法化，我是一則以喜，一則以憂，當然同婚合法化代表這個平權議題更上層樓，但並不表示這個法律通過之後，同志就會幸福啊。同志不能說我要等到合法化之後我才談戀愛，才考慮成家，就像是許多年輕一輩人在出社會時不能適應，以為很多事情要幫我先準備好了，我才要有意願，我覺得這是同志必須要注意的事情。

法律通過之後，就立刻能知道怎樣成為一個有家室的人了嗎？成家與約會同居是不一樣的，但是目前幾乎沒有文學或教科書告訴同志們，怎樣才是同志的歸屬。所以我在書中才特別這樣描寫，老七跟湯哥用了一生才發現，他們其實是可以作伴的，之前他們自己都不知道，可是真正可以作伴的時候已經來不及了。

——採訪・紀錄／沈河西

（原訪問全文見澎湃新聞官網，此為作者刪潤版）

作家命 II

會一再出現這樣的主題，彷彿是今生今世的注腳，
不論是做為一個作者，還是一個像我這樣的人。

偶爾需要接受採訪，尤其是出書後，這是寫作之餘每個創作者都要學會適應的另一個工作項目。如果是逐字稿的Q&A那還好，否則最後成了一篇什麼樣的訪稿，往往不在自己的掌控中。受訪之後總有數日不安：自己究竟是否表達清晰？對方是否抓到重點？說到底處，會有這樣的焦慮，根本問題出在我自己。

就算要求先有訪綱也幫助有限，許多題目會讓我想大喊一聲：「如果能用幾分鐘就講清楚，我又何必要去寫一整本書？」也發現自己經常會離題，只要訪問者坐在面前一味地點頭不出聲，我就會開始緊張地想填補時間的空白。虧我還做過七年的廣播節目，入圍過六次金鐘獎（也槓龜六次），但我還是比較喜歡當訪問者勝過受訪者。

真的不太會描述自己的作品，正如同從來都不會在課堂上提起自己的寫作，以及我的編輯永遠不知道，我下一本會交出怎樣的書稿。

但是二〇二〇年出版的《尋琴者》，讓我從來沒有因為一本書而接受過這麼多的採訪。

書一上市便遇上新冠肺炎疫情，我希望讀起來會像在聆聽一首鋼琴奏鳴曲的這部小說，若在人心浮躁歌舞昇平的平日，大概會被嫌情節不夠刺激或筆法過於簡素，但是意外地，它卻在讀者群與評論界中發酵了。開始遇到越來越多像是這樣的問題：「你為什麼會想寫這樣的一本小說？」「你是什麼樣的情況下有了這樣一個靈感？」

好像跟靈感無關，我想告訴對方：就是一個四十歲的禿頭男人跟一個六十歲剛喪妻的男人，他們都因為心中放不下的一座鋼琴而走上一起出發的尋琴之路。那個四十歲的男人是我，那個六十歲的男人也是我。還有其他的幾個配角們，都是我人生不同階段的切片。這算靈感嗎？每個人都曾有過那種經驗不是嗎？被某個遺憾絆住？

起初還有耐性從我去紐約念書時，常去林肯中心聽音樂會說起，但是這些零碎的細節也跟靈感無關。我越來越抓不住類似問題的重點是什麼，被問了太多回，後來的回答竟然變成：因為我已經寫了四十年，是前面所有寫過的作品帶領著我來到了這一本。其實沒有比這個更誠實的答案了，但是年輕一代的記者沒幾個讀過我昔日的小說。出版社於是建議由我自己來編選一本小說精選集，做為盡在不言中的回應。

《甜蜜與卑微》最後長得也不怎麼像一本精選集，因為收入的十五篇小說，既未按年代順序，也未按主題分類。打散了創作年分，重新錯落串起如同一部新的長篇，就差沒在書封加注使用說明：「請勿跳讀，要依目次順序」。

當中收錄從一九八一年的〈作伴〉到二〇一七年的〈罪人〉，它們竟然毫無違和地承接呼應成為一本「再創作」，這只有一種可能的解釋：我的文字就是我的人生，關於我如何成為現在的自己。全都是關於那些如果不寫，其實就可以裝作不用面對或否認存在過的傷口。

總是要等到十年或二十年過去之後，現在記下的，都是在心裡醞釀了半生的。我了解傷口所有的變化，就如同觀察著一座座曠野中的岩堆般，看著它們在飛砂走石的長年吹拂下風化的過程，有的碎裂崩塌，有的卻在某一年，終於具體成了一座雕像的樣子。

《尋琴者》亦然。那是數不清的獨處片刻、一次又一次在無助中節制著不讓自己崩潰的努力、還要加上李赫特與拉赫曼尼諾夫的琴聲，最後結晶出的一個「情」字。

寫與不寫、留還是不留、愛抑或不愛之間……人生中總是要不斷面對這樣的選擇。對我而言，它們最後難以分割，全都指向同一個核心。朱天文在談《尋琴者》時這樣形容：「從《作伴》開始，書名都點題了，好孤獨的人，試著去與一個又一個孤獨的人作伴。」

會一再出現這樣的主題，彷彿是今生今世的注腳，不論是做為一個作者，還是一個像我這樣的人。

當聯合報文學大獎主辦單位要求一篇得獎感言，我坐在電腦前，以自己都沒有預料到的速度記下了當下的心情：

得獎消息傳來，正逢全島疫苗荒下的亂象叢生，雖然驚喜，但很難真正歡欣。原來，對疫亡數字我們是會漸漸感到麻痺的。原來，在恐懼之下疼痛是發不出聲音的。最後，我們都只能把自己關在家裡。

然而，這種閉關對我而言，已經行之有年了。沒有臉書，沒有IG，不按讚也不貼文。工作與照顧父親之外，就是與自己的獨處。

近日在重讀美國作家舍伍．安德森（Sherwood Anderson）一九一九年出版的《小城畸人》（*Winesberg, Ohio*）。不管當年現代主義如何轟轟烈烈，安德森謹守說故事人本分，每篇故事都小巧精悍。沒有可歌可泣的大時代，也沒有繁複雄偉的巨構篇幅。隱藏在孤獨畸人們背後的，是一道道不見容世俗的、長長的傷口。作者的筆彷彿溫柔的針線，安靜地將傷口縫合。

我在二〇一〇年重拾小說，距離上一本間隔了十三年。之後，有時散文，有時小說，下筆時都如忍受著針刺般，聽見生命的傷口在發出嘆息。

沒有在三十歲時去搶搭任何一班解嚴後的話題列車，因為隱隱明瞭，對人間的種種遺憾，我的體悟是如何淺薄。四十五歲時重拾文學創作，終於有了那樣的耐性與自持，把人云亦云鎖在門外。寫作之於我，開始如同獨自燈下一針一線，縫補與織綴著被時代漠視的眾生孤寂。與其說《尋琴者》被肯定，不如說，那些傷口經過補綴後發出的共鳴，終於被聽見了。

接下來依然是夏日漫漫裡的防疫。明明是二〇二一年，電視上實況轉播的，卻是二〇二〇年的奧運。

疫情持續造成的延宕，讓地球上最受矚目的運動賽事有了奇特的弦外之音。為什麼大家都好像沒察覺哪裡不對勁？每位選手今年的狀態怎會與去年相同？如果發生在去年，這些名次一定會有變化吧？這場競技的結果還能算是公平嗎？

手機響起，朋友傳來桌球國手莊智淵說的一段話：「其實外人不會了解，贏一場比賽和輸一場比賽所獲得的，其實是一樣的東西。」

並非體育迷的我，突然被一種生命之間彼此的映照深深打動。沒想到我們都在做著相同的事。

該如何教看球的球迷忘記賽場上的輸贏，讓閱讀文學的讀者不期待happy ending？要多少場吞敗的累積，才能體會出自己仍想要留在球場上的真正理由？要多少年在未知與虛空中的探索，才終於發現刺穿了那不可說的核心本質，其實是為了與自己和解？

電視畫面中的觀眾看臺區空空蕩蕩，我也索性關掉了播報員的聲音。不要告訴我誰的最好成績紀錄為何，誰又超前了誰，還有目前的積分排名是什麼。我不需要那樣的干擾，連以往一面面為自己國家選手加油而揮舞的國旗都嫌多餘。

就像同樣的曲目在音樂家不同的人生階段，每一次的演出都只是一種生命當下的悸動，我看到的不再是運動競技，而是一個個年輕的孩子正在預演著他們的人生。

無聲的螢幕上出現不知是哪國的跳水選手，在跳板上就定位。特寫鏡頭捕捉住他躍入池前的最後三秒，只見他屏息的臉上流露出的不是自信光彩，而是努力專注想要排除所有雜念，從緊繃到放手一搏，全部赤裸裸地全展現在攝影機前。生命力爆發前的片刻孤獨，有一種莫名的似曾相識。

彈起，翻轉，直落，飛進如天空的水面。

我縱身一躍，下一秒潛進了文字——那屬於我的命運。

【附錄】

老派作家的青春暗房

鄭博元

二〇二〇年出版《尋琴者》獲得五座文學獎項的郭強生，近日再獲聯合報文學大獎。郭強生寫作四十年，年初出版了精選集《甜蜜與卑微》，回顧從青春到知命之年的小說軌跡，而今他帶來新作《作家命》，展開漫長的時光膠捲。

寫作的時差：在黑暗裡鑿光，等待天亮

十六歲那年，師大附中的少年在《聯副》發表小說，從此開啟寫作生涯。由大學畢業前出版的第一本小說集《作伴》快轉至《尋琴者》，四十年時光忽悠過隙。數字難以再現時空的距離，「那時都還沒有解嚴呢！」郭強生說。那時八年級生尚未出世，世紀末也遙不可觸。娛樂圈出道較早的明星，有時避談同期出道的資深藝人與已有年代感的秀場經歷，以免顯老。然而郭強生卻從不迴避青春年少的「天寶遺事」，他相信正因一路以

來懵懂的累積，才有後來動人心弦的作品。

近年作品屢獲專業評論者與大眾讀者肯定，此時的他已走入知命之年的下半場。接受獲獎訪問時，記者不乏鼓舞之意地說：「你最好的狀態才要開始！」提筆寫了四十年的郭強生聽了不知該哭或笑。到了寫一本則少一本的年紀，他不禁掐指計算，「姑且不談醞釀的時間，《尋琴者》也寫了三年，至今仍餘波盪漾。之後還有幾本，那也要看命了。」

回顧寫作生命，年少時代的郭強生在三三書坊出版小說集《作伴》，後與希代合作，與侯文詠、張曼娟等人成為暢銷作家。然而，風光的成績背後，卻是覓不得知音的困窘。早期幾本小說，對於依違於男／女之間的角力，評論往往將主題定調為「愛情」。彼時「性別」尚未成為顯學，郭強生在小說中試圖描繪解嚴前夕人們還未能指認的性／別權力與曖昧。直到出國後，他完成劇本《非關男女》並獲得時報文學獎戲劇首獎，才明白自己意圖捕捉的正是西方世界討論熱烈的「gender」。多年後人們也才恍然。待他重拾小說之筆，以《夜行之子》探討全球化下的離散與後殖民的魅影——此時性別論述已如火如荼，評論者卻又將郭強生的作品界定為「同志小說」，這種簡化的標籤總讓他處於尷尬的位置。郭強生將寫作比喻為「在黑暗裡鑿光」的過程。向外窺見的混沌景象，需要時間留待人們理解。

寫作與被理解的「時差」，與郭強生的少年老成不無關係。從小說〈回聲〉中被認為「想太多」的孩子，和散文中自陳的早熟兒童形象可知，郭強生在年少時代已深刻感覺到自己與外界時間軸的落差。彷彿帶有前世記憶的老靈魂孩童，與費茲傑羅筆下〈班傑明的奇幻旅程〉相映成趣。從老齡的多愁嬰兒，倒回成青春善感的「老作家」。郭強生的寫作生命與班傑明相似，經歷了一段總是超前，卻又時常不為人理解的奇特旅程。

從評論眼光到寫作之筆：先是好的讀者，才是作者

《作家命》輯一中郭強生回顧了文學生涯，從寫作、家庭到教室。值得注意的是，同名篇章〈作家命I〉並不是從讀者熟悉的小說、散文起頭，而是以「評論」拉開序幕。

訪談中，郭強生為我們將場景拉回一九九〇年代到二〇〇〇年初，那是他負笈紐約求學到歸國前後應邀撰寫的文學評論。起初是因應解嚴後臺灣對「接軌世界」的渴望，文化界仰賴留學歐美的少年英才傳遞第一手的資料。做為華人社會向外探求的眼睛，郭強生與多數留洋者一樣以專欄文章呈現美國的文學樣貌。然而，翻譯文學需求膨脹，卻造成大量良莠不齊的文學作品進入市場。在出版社的包裝與寫手華麗文字的評論引介下，讀者實難辨別作品的高低與定位。郭強生決定收手，不再參與行銷式的評論書寫。隨後他將文章打散，依主題重組、分類成輯，出版為評論文集的形

式，俾使讀者能理解西方文學整體的脈絡。《在文學徬徨的年代》英文標題為「Shifting Values: Culture, Literature, Criticism」便是有意在政治、經濟變動的年代，以文學為自己與讀者找到安身立命之處。

從早期的評論集《文化在咖啡和報紙間》，到較近的《如果文學很簡單，我們也不用這麼辛苦》，郭強生以學術眼光剖析作家、作品或文化現象，犀利的批評並不遜於學院裡的論文寫作。不同於學院中的研究者，郭強生意圖在評論文字裡注入個人情懷：「讀書、寫作是為了解決人生的問題，知識與思考讓我能夠面對我的人生。」對郭強生來說，進入學術界並非為了操演理論、生產論文，而是為走出人生的種種徬徨狀態。如他的博士論文探討美國劇場的「陽剛」議題，也是對性少數身分的自我觀看。

過去論者多將郭強生的非虛構作品分為「散文集」與「評論文集」，前者多為感性而抒情的私密記憶，後者則為知性的文學、文化批評。然而，由於郭強生筆下的情與理往往交織融會，簡易的分類難以區辨兩者的性質；若以西方文類 Memoir 與 Essay 之分別，也未能完全疊合。如果說過往仍能粗略將兩種書寫做出分別，到了《作家命》的寫作者已捨棄了框架。輯一中關於家人、學院同事的回憶書寫，也是理性的個人剖析；輯二到輯四中郭強生檢視、評述作家與作品，亦為作家對不同生命共有情感的體察。「不要侷限在分類，可以將這些文字看成仍不斷在成長的軌跡。」在郭強生筆下，文字自然顯像。

即使年少成名，作家仍想回到最初，從一個讀者做起。「你要先把自己訓練成好的讀者，更深入地閱讀作品，才會知道什麼是好的文學。」對郭強生來說，從來不是「要怎麼寫」的問題，而是要回到讀者的身分，培養鑒察文學的品味。

純真的時間旅行者：身在體制內，看向真正在乎的

關於寫作，郭強生的關鍵字是「醞釀」。在他所擅的諸多文體中，「小說」更是木桶裡沉底的精製。展開郭強生的寫作履歷，看似多產的作品其實集中出版於一九九六年前。散文與訪談中他常提及的「中斷寫作的十三年」，其情境、因由複雜。若簡要回顧，這一段從世紀末到新世紀的前十年，他面臨情人倉促離世、母親癌逝，不到幾年兄長也先去了；他在九一一事件後回臺，協助創立東華創英所，投入行政與教學。在忙碌的身心狀態下，郭強生全無寫作小說的動能，但仍有評論、散文、戲劇等作品出版。

小說家對於「虛構」的有心無力，也意味著「小說」之於他的重要性。對他來說，「小說」是要為自己描繪出一個可預見的未來，不該只是文字技巧。直到多年後，蓄積了能量的郭強生才重新提筆，通過小說「寫此意

彼」的方式，更直面自己的過去。

郭強生有自己的時間軸，他在回歸寫作的十一年，完成了一部短篇小說集、三部中長篇小說，與四本散文集，作品量頗豐。但是郭強生總說自己寫得慢。原來他感受到的漫漫時光並不是指實際「下筆」的三到五年，而是從意念到構思的過程，以及起心動念之前，整個人生的醞釀。這段蘊積與久放的過程，總不計時間成本。不到一切都已經想清楚的時刻，他不會動筆開展書寫。因此，下筆時多是篤定的姿態，而非暖身或慌忙奔跑。

雖然郭強生總說「寫作需要時間」，但年輕時的他可是大學還沒畢業就出了第一本小說集。那時早慧的老少年，之後經歷了更多人世的霜雪，卻仍保持純真的眼光。《作家命》中，郭強生著迷於莒哈絲對同一題材的反覆書寫，因為從來沒有預設答案，每次涉入都是一場未知的角力；他也不吝表現對契訶夫作品不斷迴旋、顛覆意象的喜愛，或是柔情的凝視王爾德的「誠實」，以及費茲傑羅忠於自我的純真。郭強生探問，在脫掉標籤之後如何看待文學？我們又如何透視作家純粹的心靈，以及經過時間淘洗出的珍貴質地？

「純粹」不是一天練成的。現實生活中，少不了得面對權力糾葛，如研究所時期為堅持想要研究的劇場對象，拒絕了系主任的要求，因而捲入教授間的風波；又或者在學術修羅場中，得無畏面對系所分配資源時的傾軋，以及眾人對於「創作所」不信任的目光。過去被塑造成純情少男作家的郭強生，並不是人們所想像不諳世事的公子哥兒，或隔著一段距離以自我保護的教授作家。在刀劍交錯的暗影裡，郭強生不能免於派系與個人爭鬥，「要永遠朝別的方向看。當人們都在為搶資源開闢戰場，你要想清楚自己想做的是什麼。有自己的目標，才可以不被捲入。」他專注在教學、學術、寫作與行政庶務，辛苦但總有所成。即使後來離開一手建立的研究所，郭強生的眼光留下歲月的痕跡，卻保持著純情。

對照與對鏡：郭強生的觀景窗

《作家命》是郭強生對於四十年來寫作生命的回顧。「命」的意義複雜，郭強生無意作解命人，而是將命視作一種素質：「命有兩種，一種是可以與他人交流互動的命，這種命如同藝術家、運動家等的生命，他們可以將自己的生命連繫到我們的生命，而產生美與感動；另一種命則是封鎖在自己的軌跡裡頭，無法與人連結。」如同《作家命》提及的作家們，即使逝世多年，作品仍能讓不同時空語境下的讀者迴盪出內心共鳴。郭強生深受過往作家的生命感動，而他也希望自己寫作累積成的軌跡，能夠與不同讀者的生命相繫，彼此流動交織。

青年郭強生的寫作受到張愛玲影響，評論者多以「張派傳人」稱許之，他也曾暗自欣喜。然而，郭強生發現與之交連的生命漸漸凝滯。「在一定程度上，你與某個作家的命可能是呼應的，但是最終你須要與他『背離』，才能通往自己。」前往紐約求學的郭強生，體會張愛玲到了美國之後可能面臨的焦慮與失意，而後明瞭自己的寫作與祖師奶奶絕然不同。原來自己小說裡的張腔，是掩護同志心靈的小櫃。而立之後，他終能夠坦然離櫃尋情。

過往郭強生曾幾度談過張愛玲，《作家命》再以三篇文章深入其命。由於與張愛玲連結甚密，需要更深入的「觀看」，才能擺脫長久以來籠罩在作家身上的「張派標籤」。郭強生認為張愛玲的時間始終停滯在「孤女」的形象裡，而她之所以在晚年出版《對照記》，縱情展示過往的青春姿容，乃因散不去的殖民地幽靈。這種對自己前半生沉溺式的觀看，也說明了她何以絕少提及赴美後的生活。藉由剖析張愛玲的「對照情節」，郭強生也回顧了情欲壓抑的年少，以及留洋後對於西方世界的鏡像觀看。

作家的「對照」姿態引人遐思。剛出道時的郭強生也曾配合行銷拍攝宣傳照為小說封面。現在回頭看那時少年的抑鬱面容，一切已在不言中。

雖然每回出書、講座常有作家公關照的拍攝，經歷了孤獨與悲傷的郭強生卻絕少在生活中留影。他以文學為觀景窗，文字遂為自剖心緒的顯影劑，記錄了長久以來思考的脈絡。

郭強生挑選、輯錄了八年的文章為《作家命》。「整理稿件時，我才發現，這些年來特別常討論作家的老去、沒落與悲傷。但在寫作的當下，我並沒有意識到。」上一本文集中，郭強生對於「命」還沒有那麼強烈的感受。而今，他已能看見更遠的地方，更篤定以文字思索、書寫，回應人生種種艱難。

國家圖書館出版品預行編目資料

作家命 / 郭強生著. -- 初版. -- 臺北市：
聯合文學出版社股份有限公司, 2021.09
296 面 ；14.8×21 公分. --（聯合文叢；683）

ISBN 978-986-323-402-9（精裝）

863.55　　110013148

聯合文叢 683

作家命

作　　者／郭強生
發 行 人／張寶琴

總 編 輯／周昭翡
主　　編／蕭仁豪
資深編輯／尹蓓芳
編　　輯／林劭璜
封面設計／郭強生
資深美編／戴榮芝
業務部總經理／李文吉
行銷企劃／林孟璇
實習編輯·企劃／田　欣　許溽心　呂怡萱
財 務 部／趙玉瑩　韋秀英
人事行政組／李懷瑩
版權管理／蕭仁豪

法律顧問／理律法律事務所
陳長文律師、蔣大中律師

出 版 者／聯合文學出版社股份有限公司
地　　址／(110)臺北市基隆路一段 178 號 10 樓
電　　話／(02)27666759 轉 5107
傳　　真／(02)27567914
郵撥帳號／ 17623526 聯合文學出版社股份有限公司
登 記 證／行政院新聞局局版臺業字第 6109 號
網　　址／http://unitas.udngroup.com.tw
E-mail:unitas@udngroup.com.tw

印 刷 廠／鴻霖印刷傳媒股份有限公司
總 經 銷／聯合發行股份有限公司
地　　址／(231)新北市新店區寶橋路235巷6弄6號2樓
電　　話／(02)29178022

出版日期／ 2021 年 9 月　初版
定　　價／ 450 元

ISBN 978-986-323-402-9（精裝）

《本書如有缺頁、破損、裝幀錯誤、請寄回調換》